大唐狄公案

御珠案

Robert van Gulik

THE EMPEROR'S PEARL

NEW JUDGE DEE MYSTERIES

〔荷兰〕高罗佩——著
张凌——译

上海译文出版社

河上龍船圖
RH

插 图 一 览

人　物　表

狄仁杰：蒲阳县令。蒲阳县地处大运河边。

洪　亮：狄公的亲信谋士，县衙都头。

卞　嘉：药师。

董　迈：浪荡书生。

夏　光：浪荡书生。

寇元良：富裕士绅，酷爱收藏古董。

寇夫人：闺名金莲。

鬘　娘：寇元良的侧室，曾为董家奴婢。

杨掌柜：古董铺掌柜。

匡　敏：京城药材商。

盛　八：丐帮帮主。

梁紫兰：武馆馆主。蒙古原名为阿勒坦·其其格·可敦，即“金花公主”。

一

一名高大男子点燃一炷香，供在河神娘娘的祭坛前。

男子将线香插入青铜香炉内，然后抬头打量。小小的佛堂里只点着一盏油灯，悬在已被烟火熏黑的屋梁下，摇曳的灯光中显出一张安详平静的面容。神像雕成真人一般大小，似是面带微笑。

“你自会称心如意的！”男子恨恨说道，“就在归你所有的那片林子里，我正打算拿她的血洒在你面前时，你却将她从我手中夺了去。不过今天晚上，我已选了一个新人为你献祭，最是合适不过的。这一回，我要……”

男子住口不语，焦灼不安地瞥了老庙祝一眼。只见他身穿一件破破烂烂的褐袍，正坐在门口的板凳上，朝着外面彩灯辉煌的河岸张望一下，重又埋头看起经书来，对这唯一的香客竟是毫不在意。

男子再度抬头端详。这塑像呈现木质原色，雕刻者颇具匠心，利用木纹来凸显从肩头垂下的衣袍皱褶。河神娘娘盘腿坐在莲花宝座上，左手置于腿面，右手举起做祝祷状。

“真是个美人儿!”男子嘶声低语一句，定定注视着位于高处的平静面容，又喃喃念道，“你倒是说说，为何所有的美人儿都是恶魔一般?诱惑勾引男人，冲他们抿嘴娇笑、暗送秋波，接着又把人赶走，究竟是何道理?把人赶走时还冷笑一声，让人肠断心碎，过后魂牵梦萦，永无宁日……?”说话间两手紧紧攥住佛坛的一角，双目圆睁，眼中闪出狂乱的邪火，“她们合该受罚，合该拿刀子刺进她们背信弃义的心里去，就让她们躺在你面前的祭坛上，直挺挺赤条条，就那样……”

男子忽然住口不语，猛吃一惊，方才瞧见河神娘娘戴有珍珠头饰的平滑前额微微一蹙，定睛看去，原来是一只飞蛾掠过油灯时划出的暗影，这才松了一口气，抬手揩去面上的冷汗。

男子咬紧口唇，疑惑地瞥了神像一眼，转身离去，径直走向专心诵经的老庙祝，轻拍一下对方枯瘦的肩膀，强装欢喜地说道:“你就不能留下娘娘独个儿过上一晚?龙舟赛即刻就会开始。你瞧，所有龙船都已在白石桥下排好了队!”说罢从衣袖中摸出几枚铜钱，接着又道，“这些统统给你，且去那边的饭铺里美美吃上一顿吧!”

老庙祝抬起一双发红的倦眼，瞧了男子一眼，并未伸手接钱，“多谢施主，贫道不能离了这里，娘娘会降下报应的。”说罢重又垂头读起经文来。

男子禁不住浑身一颤，口中喃喃咒骂一句，从老庙祝身边擦过，快步走下通向沿河大道的石阶。此时须得赶紧骑马回城，方才赶得上亲眼目睹龙舟大赛的结果。

二

“这张六筒真是叫我好等!”狄公对大夫人喜孜孜地说罢，拈起牌来摆在自己面前。

三位夫人默默不语，都忙着琢磨各自手中的牌。此时暮色渐浓，几乎难以看清竹牌上的红点。运河两岸泊着许多船只，首尾相连，密密匝匝，一艘官船停得离众稍远，狄公与三位夫人正坐在船尾的高台之上。今天是五月初五，即一年一度赛龙舟的日子。午时过后不久，蒲阳百姓纷纷从南门出城，直奔运河边的看台附近，晚间将举行龙舟大赛，此处便是终点，身为父母官的狄县令还将为所有船队颁发奖赏。

虽说县令只需莅临应景即可，狄公却对此十分热心，乐得与百姓同庆佳节，一心想要早早出席、观看始终，离日落尚有半个时辰，便已携了家眷、坐着三乘大轿出城而去。官府的大船就泊在看台对面，当地数千乡民则挤在沿岸的许多小船内。狄家众人登上官船，安顿下来，如同平常百姓一般吃过便饭、喝过甜羹，坐下开始抹骨牌，等候月出东山、龙舟相竞。此时夜气凉爽，河上到处是欢歌笑语，大小船只悬着串串花灯，明亮耀眼，在暗黑的水面上映出五彩斑斓的倒影。

面对如此景致，围坐在八仙桌旁的四人却只顾盯着牌局，无暇分神赏看。抹骨牌是狄家人最为钟爱的消遣，不但对此十分看重，玩法也很是复杂。如今正接近终局时刻。

三夫人拣出一张牌撂在桌上，对蹲在茶炉旁的两名侍女说道："最好把我们的灯笼也点起来，几乎连牌都看不清了！"

"这张我不要！"狄公说罢，见老管家走上甲板、来到近前，不禁怒道，"又出了何事？莫非那行止古怪的访客又来了不成？"

就在两刻钟前，狄公与三位夫人暂停牌戏，一齐站在栏杆旁观赏风景，不料有个陌生人登上官船。管家正要去替他通报，那人却道是转念一想，还是不搅扰县令老爷为上。

"不不，老爷。这次来的是卞大夫和寇先生。"老管家恭敬答道。

"带他们过来！"狄公说罢叹息一声。今日的龙舟赛，正是由卞嘉与寇元良主持操办，但是狄公与这二人以前仅

官船上狄公会二客

仅照过面而已。每隔一阵，蒲阳县衙便会召集当地名流士绅相与议事，卞寇二人并不在此列，故而与狄公不甚相熟。卞嘉是一位名医，开着一家大药铺，寇元良家资甚富，平日里喜好收藏古董。狄公想到这里，对三位夫人微微一笑，说道："他们不会在此久留!"

"只要老爷不在我们的牌上做手脚就成!"大夫人噘嘴说道。三位夫人将牌面朝下扣在桌上，随即起身离座，退到一架屏风后面。之所以如此行事，皆因女眷不可与家人之外的男子会面。

狄公也站起身来。只见两名男子走上甲板，身材高大，仪态庄重，穿一身薄薄的白丝长袍，头戴黑纱帽，上前躬身一揖。狄公点头还礼，和蔼说道："二位请坐！想是前来告知本县龙舟赛已准备就绪了吧?"

"正是，老爷!"卞嘉的语声干涩清晰，"小民与寇先生刚刚离开白石桥，所有九条船都已在出发的地方列队等候。"

"你们可招募到了像样的桨手?"狄公说罢，见侍女正送茶到桌上，立时斥道，"别弄乱了那些骨牌!"

狄公迅速将尚未动过的几枚骨牌正面朝下扣在桌上。就在此时，只听卞嘉答道："回老爷话，百姓们对此事十分热心，简直非比寻常。每条船上须有十二名桨手，立刻就召集齐全了。一旦开赛，定会你争我夺，格外激烈，因为二号船上全是大运河里的船夫，打定主意非要胜过城里人不可！寇先生与小民已亲自关照所有桨手，让他们全在白石桥村的饭铺里吃得酒足饭饱，如今正摩拳擦掌，等着出发哩!”

“卞大夫，你的船最被众人看好!”寇元良说话时语带讥讽，“我的船根本没有胜算，分量太沉了!”

“不过寇先生的船颇有来历，”狄公说道，“本县听说是依照祖先用过的龙舟样式仿制而成的。”

寇元良清俊灵动的面上掠过一丝笑意，说道：“小民参加龙舟赛，大半便是为了尊古守制。”

狄公点点头，深知寇元良将全副心力都用在钻研古物上，十分热衷于收藏古董，心想日后定要一观他收藏的字画，于是说道：“寇先生所言，令本县心有戚戚。这端午节由来已久，每逢今日，举国上下都会在江河湖泊中庆祝一番。百姓们平日辛苦劳作，唯有逢年过节才能稍歇一时!”

“本地乡民笃信龙舟赛能取悦河神娘娘，”卞嘉说道，“从而确保风调雨顺，农人能有好收成，渔夫也可满载而归。”抬手捻着漆黑的髭须，衬得一张长脸更显苍白。

“以往的端午节却并非纯是清平祥和。”寇元良说道，

"赛过龙舟之后，百姓们还要拿活人献祭，在神庙里杀死一个年轻后生，说是'河神娘娘的新官人'，死者的家人竟还视为难得的荣耀哩。"

"幸好朝廷英明，早在许多年前[1]，便已下令废止了所有诸如此类的血腥习俗。"狄公议论道。

"想要彻底打消旧有的迷信，绝非轻而易举之事。"卞嘉缓缓说道，"此地人依然对河神娘娘十分敬畏，虽说对于打鱼和行船而言，如今大运河已比那条河重要得多。小民记得就在四年前的龙舟赛中，曾经翻了一条船，还淹死了一名男子，百姓们将其视为吉兆，以为当年必会有好收成。"

寇元良心神不定地瞥了卞嘉一眼，放下茶杯，起身说道："老爷移步之前，我二人先去看台上瞧瞧，以确保赏赐之物皆已准备妥当。"

卞嘉随之立起，二人躬身一揖，告退离去。

三位夫人从屏风后快步走出，重又坐回各自椅中。三夫人看了一眼桌上的牌，兴冲冲说道："剩下没几张了，且来最后搏这一回！"

侍女送上新茶，四人很快便潜心于牌局之中。狄公

[1] 此处依荷文本，在英文本中则为"数百年前"。

缓捋长髯，盘算自己能有多少胜算，最后一张须得是三筒或白板，三筒皆已打完，但是白板仍有一张，若是有人打出来，自己就赢了这一局，看看三位夫人面色绯红，心中暗想不知这张牌会在谁的手里。

忽听附近一声巨响，紧接着又是一连串爆竹的轰鸣。

“出你的牌！”狄公对坐在右边的二夫人不耐烦地说道，“众人已开始放鞭炮了！”

二夫人犹豫片刻，抬手轻抚乌黑光亮的云鬓，打出一张四筒。

“不要！”狄公失望地说道。

“我赢了！”三夫人兴奋地叫道，亮出最后两张，正是四筒和五筒。

“恭喜恭喜！”狄公说罢，又问道，“你们谁的手里扣着白板？我一直在等这一张，好不晦气！”

“我没有！”大夫人与二夫人口中说着，亮出了各自手里的牌。

“那就怪了！”狄公皱起眉头，“桌上只有一张白板，剩下的牌里也没看见。那张白板能跑到哪里去？”

“想是掉到地上了。”大夫人说道。

众人一齐朝桌下看觑，又各自抖抖衣衫，仍是不见白板的踪影。

“没准儿是丫鬟们忘了收进匣子里去。”二夫人说道。

“岂有此理!”狄公低声怒道,“开局之前,我亲手把所有的牌从匣子里取出,还数过一遍哩,向来都会先查验过。”

只听一声长啸,紧接着一声爆响,却是焰火腾空而起,散出五彩闪亮的花雨,照亮了整个河面。

“快看!”大夫人叫道,“难得如此景致!”

四人急忙起身走到栏杆旁。只见运河两岸同时燃起焰火,爆竹声也响成一片,看众们不禁大声喝彩。天上挂着一弯新月,发出银白色的清光。所有龙舟将从白石桥村出发,沿着运河顺流而下疾行十几里。这时只传来零星几声爆响,众百姓交头接耳,正忙着议论该如何下注。

“我们不妨也来押个宝!”狄公起兴说道,“今夜人人都会拿出几文钱来,就连那最为穷苦之人也不例外。”

三夫人拍手叫道:“我就押五十文在三号船上!只为感谢神灵护佑,我可从没忘记他的恩德!”

“我押五十文在卞大夫的船上,那条船最被看好!”大夫人说道。

“我押五十文在寇元良的船上,”狄公说道,“我向来赞成沿袭古制!”

四人说笑了一阵,又闲闲饮过几杯茶水。

忽然，众百姓全都立起，伸头朝河面上观望，龙舟即将划到最后一程。狄公与三位夫人也走到栏杆旁，气氛渐渐紧张起来，人人暗自祈愿，心情愈发急切。

两只小舢板从岸边离众而出，朝看台对面的河中心划去。船上正是负责裁判者，抛锚后展开了大红旗幡。

忽听远处传来鼓声，虽然还看不见龙船，但可知已接近河弯处。

人群中爆发出一阵叫喊。只见九号船正转过河弯，细长的船身中，十二名桨手两两并肩、坐成六排，正随着鼓声全力划桨。船中央放着一面圆形大鼓，旁边站着一个彪形大汉，肩宽背阔，上身赤裸，手持一对木槌拼命敲打。舵手伏在掌握方向的长橹上，扯着嗓门冲桨手们大声叫喊。高高的船头雕成龙头状，两旁飞溅起白色的水花。龙头顶上有两只长长的犄角，一双硕大的圆眼滴溜溜转个不停。

“那是卞大夫的船！我赢了！”大夫人叫道。

不料船尾驶入视线时，竟有另一条船紧跟其后，龙头也是高高仰起，张开大嘴，似是想要咬住九号船的龙尾一般。

“那是二号船，划桨的全是运河里的船夫，”狄公说道，“他们正在尽力一搏！”

二号船上的司鼓短小精悍，一边发狂般地擂鼓，一边冲桨手们呐喊助威。两船渐渐驶近时，二号船赶了上来，船头已行至九号船尾部的一侧。看客们号呼不止，喝彩声震耳欲聋，几乎淹没了咚咚的鼓声。

这时又有四条船出现在河弯处，却是无人理会，众目睽睽尽皆盯在领头的两只船上。二号船上的桨手们大力划桨，筋肉粗壮的胳膊前后摆动，快得惊人，但是没能再追得更近。两船已接近终点，狄公分明看见九号船上的司鼓正咧嘴大笑，只剩下不到三十丈的距离。裁判降下大红旗幡，标示出终点处。

突然，九号船上的司鼓僵住不动，右手停在半空中，似是盯着鼓槌惊愕不已，旋即身子朝前一倾，扑倒在大鼓上。后面的桨手抬头观望时，两片长桨碰到一处，致使船身稍稍倾斜，明显慢了下来。只见两条船从红旗下掠过，二号船抢先了半个船身。

“那可怜的家伙晕倒了。”狄公说道，“他们本不该在开赛前灌下恁多酒水……”后半句尚未说完，已被淹没在一片叫好声中。九号船与二号船在看台前的码头边靠岸，其余七条船也纷纷抵达终点，每有一船经过时，众人便会大声喝彩，运河两岸再度燃放起焰火。

狄公看见一只硕大的官船直朝这边驶来，转头对三位夫人说道："那船是接我过去颁发奖赏的。管家自会照应你们坐轿回宅。礼毕之后，我便立即回去！"

三位夫人躬身下拜，狄公走下甲板，卞嘉与寇元良正在跳板上恭候。狄公登上官船，对卞嘉说道："卞大夫的龙船未能夺魁，实在可惜煞人。但愿那司鼓无甚大碍。"

"回老爷，小民这就去瞧一瞧。那人身强力壮，我们自会将他弄醒。今日的龙舟赛着实精彩！"

寇元良并未出声，抬手揪着细细的髭须，似是焦虑不安，开口欲言时，却又改了主意，终究未发一语。

三人走上码头，班头带着六名衙役朝狄公行礼如仪。卞嘉与寇元良领路顺阶而上，老随从洪亮上前相迎，引着狄公走入一间小小的梳妆室内，四面皆用竹屏围起。洪亮助狄公换上墨绿织锦官服，狄公欣然说道："洪亮，此番出行真是令人快意！"说罢戴上乌纱帽，接着又道："县衙里想必平安无事吧？"

"回老爷，只有几桩例行公务而已。"洪亮答道，"酉正之前，我便打发一众衙员回家去了。他们得知能赶来看龙船赛，个个欢喜不迭。"

"好！等我对众百姓致词时，你最好去码头上看看九号船的司鼓情形如何。就在快到终点时，那可怜虫居然晕了过去。"

狄公出门走上高台。众多乡民正聚集在高台下方，衙役已命所有桨手在阶前排成一列。班头带着各船的头领依次上前，狄公温言嘉勉几句，又发给每人若干红纸包裹，里面装有一小块米糕与几文铜钱。

分发过财物后，狄公简短说了几句，祝福众乡亲吉祥如意、财源广进，台下响起一片欢呼。

狄公折回梳妆室内。洪亮正在里面等候，忧心忡忡地说道："启禀老爷，那司鼓竟然死了。仵作道是被人下了毒。"

三

狄公低头默默注视着死去的司鼓。尸体已被送至梳妆室内，横陈于一张平铺在地的芦席上，县衙仵作蹲在一旁。龙船划到终点时，仵作也挤在码头上与众人一同观战，司鼓刚被抬上岸，他便已匆匆看过，此时正在仔细查验，方才曾将一片银板探入死者口中。

卞嘉与寇元良已在墙角处站立半日。这时卞嘉走上前来，恼怒地说道："老爷，这纯是白白耽误工夫！小民敢说此人死于心病猝发，所有的症状都很相符。"

"且让仵作验完！"狄公断然说道。死者看去身材健壮，只裹了一条缠腰布，面目已扭曲变形，可知临死前十分痛苦，不过相貌端正，额头宽阔平滑，似是一个读书人，而并非是店铺伙计或苦力之类——龙船上的桨手通常从这些人中招募而来。

一时仵作站起，狄公问道："你从何处认定死者被人下了毒？卞大夫确信是死于心病猝发，方才你也听见了。"

"回老爷话，除了心力衰竭的症状之外，在死者的手指尖和脚趾尖上，有一些细小的紫斑。小人刚刚查验过舌头，不但肿胀，还布满了深色斑点。小人以前家住南方，听说山民会调制一种发作缓慢的毒药，症状恰是如此。一看到死者手指尖的斑点，我就知道定是中了这种特别的毒。”

卞嘉弯腰打量，仵作用银板撬开死者的牙关，以便能看到内里。卞嘉点点头，对狄公懊悔说道：“老爷的仵作果然说得不差，是小民弄错了，如今想起曾读过有关此类毒物的记载。若是空腹服下，大约一刻钟后便会发作。不过若是饱食后服下，则会过上半个时辰或者更久。”

“此人既然在你的船上击鼓，想是你雇来的伙计？”

“回老爷，并非如此。他是个孤身在此的书生，名叫董迈。小民的药铺生意忙碌时，他偶尔也会去帮忙一二。”

“莫非他在本地没有家眷？”

“正是，老爷。几年前，他曾与父母同住在一座上好的乡间别墅里，后来其父生意不利，损失了大笔金银，于是变卖房产，举家迁回北方老家去了。董迈一人留在蒲阳，一心指望能勉强糊口，在孔庙学堂中完成课业，然后再北上归家与父母团聚。此人性情爽朗随和，又是个舞刀弄棒的好手，拳脚功夫甚佳。小民的手下都乐意与他结交，正是因此，众人才请他做了龙船上的司鼓。”卞嘉说罢，朝死者投去惋惜的一瞥。

“董迈这后生着实聪明能干，”寇元良开口说道，“其父对古董颇有研究，他本人在赏鉴古物上也是眼光独到。”

“寇先生又是如何认识他的？”狄公问道。

“回老爷，董迈常会低价购入一两件瓷器或是青铜器，然后带到敝宅给我过目。卞大夫说得不错，这后生十分招人喜欢。”

“饶是如此，仍不免被人害了性命。”狄公淡淡说道，“可曾有人对他怀恨在心？”

卞嘉朝寇元良投去询问似的一瞥，见他耸耸肩头，便开口答道：“回老爷，据我等所知，却是没有。不过，小民非得再说一句，董迈曾与一些不三不四之徒混在一起，还有游民与无赖。他们常去下等武馆里比试拳脚，许是与其中某人有过口角争执也未可知……”话说了一半便住口不语。

狄公见卞嘉面色煞白、神情不安，心想他或是由于相识已久的帮手猝死而五内震动，或是由于对死因的误断而心中沮丧，于是对寇元良发问道：“董迈住在哪里？”

“回老爷，住在城西南角的半月街附近。小民也不知究竟在何处，不过可以去问问他的好友夏光。夏光也是孤身在此的书生，同样喜好拳术，闲暇时也偶尔买卖些古董。小民曾听夏光说过，他与董迈同住在一家旧衣铺的阁楼上。他答应过帮忙料理小民的龙船，想必此时就在附近。”

“将夏光带来!”狄公对仵作命道。

“回老爷，他已回城去了。”卞嘉连忙说道，“小民来这里之前，碰巧看见他朝南门走去。他的左颊上有一道疤痕，十分醒目，因此绝不会认错。”

“实在可惜。”狄公说罢，见寇元良脚底不停晃动，似是心中焦躁、急于离去，便又说道，“且罢，本县定会详查此事。董迈被人毒死一节，二位眼下先不要声张出去，只说是心病猝发而亡。明日早衙开堂时，还请务必到场。洪亮，你送二位先生出去，再叫班头进来。”

卞嘉与寇元良告退后，狄公对仵作说道：“你见多识广，验得很准，令本县十分快慰。若不是你正巧知晓这种毒药，卞大夫身为名医，本县必会听他所言，将这起命案当作意外事故了。如今你且回衙去填写尸格。”

仵作欣然一笑，告退离去。狄公反剪两手，在室内来回踱步。一时洪亮与班头走入，狄公对班头命道：“将死者的衣物拿来!”

“老爷请看，全在这里。”班头从桌下取出一个包裹打开，“这是长裤与裤带，这是脚上穿的毡鞋，这一件是外褂，当时叠起来搁在船上的大鼓底下。”

狄公伸手探入两条阔袖内，摸出一张董迈的名帖，一张通过县试的官书，还有白纸包起的两锭银子，看过后放回原处，对洪亮说道：“将这些衣物带回县衙去。”又对班头命道：“用那张芦席裹起尸首，再让你的手下送到县衙大牢的空房中去。你亲自去董迈的住处走一趟，将夏光带到衙院，今晚我要问他几句。”

班头领命自去。洪亮助狄公脱下官服，问道：“谁会谋害这个书生？想来……”

“谋害？我明明听说是一场意外！”一个低沉的声音在背后响起。

狄公转过身去，正欲开口怒斥，只见一个彪形大汉立在敞开的门前，却是做古董生意的杨掌柜，在孔庙对面开着一家很大的店铺。狄公时常去他的店内赏看古物，见是此人，便抑住怒气，和缓说道：“杨掌柜，此案确是谋杀，不过本县须得请你暂且守口如瓶，莫要声张出去。”

杨掌柜扬起两道浓眉，粗犷黝黑的面上留着粗硬的髭须和短短一圈络腮胡，微微一笑，露出一口齐整的白牙，“老爷有令，敢不如命！小民听码头上的渔夫说那人被白娘娘收了去，故此走来瞧瞧。”

“这话是何意思？”狄公怒道。

"回老爷，乡民们一向如此这般称呼那河神娘娘。有人在龙船赛中丧了命，渔夫们倒是很高兴，都说娘娘既已得了供品，今年定会鱼虾满舱。"

狄公耸耸肩头，"眼下不妨让那凶手以为官府也同意此说。"

"敢问老爷，那人是如何被害了性命的？"杨掌柜朝尸首迅速一瞥，接着又道，"并没见有一丝血迹。"

"杨掌柜若是想知道详情，明日早衙开堂时可去听审。"狄公简短说道，"还有一事，董迈偶尔做些古董生意，想必你也与他颇为相熟？"

杨掌柜摇一摇头："回老爷，小民倒是听说过此人，不过素未谋面。我自有一套搜求古物的法子，都是辛苦弄来的哩！无论日晒雨淋，在乡下骑马四处奔走，卖力寻访那些从地里掘出古董的农人，倒也令我身强体健，并且店内总有上好的货物。话说有一天——"

"你可曾见过董迈的朋友夏光？"

"回老爷，没见过，小民帮不上忙，实在过意不去。"杨掌柜蹙起皱纹密布的前额，"人名听起来有些耳熟，奈何却是素不相识。方才正说到有一天，小民从城东的一座庙里弄到一幅古画，敢说老爷会有兴趣，品相甚好，还——"

“这几日里，本县自会去贵店一观，如今还有要紧公事，必须赶回县衙去。”

杨掌柜躬身一揖，告辞而去。

“我很爱与那杨掌柜攀谈，”狄公对洪亮说道，“他对古玩极为精通，且又十分珍爱，只可惜来得实在不巧。”说罢戴上一顶黑便帽，惨然一笑，“马荣他们三个要等到后天才能回蒲阳，这桩人命案只能由你我来查勘了！”

“老爷，马荣乔泰带着陶干同去度假，真是可惜得很！”洪亮闷闷说道，“陶干足智多谋，调查这毒杀案，正是他的拿手好戏！”

“洪亮，不必担心，你我也能办得成！我这就骑马去白石桥村，龙舟赛开始之前，众桨手全在那里吃喝，定是有人在董迈的吃食或酒水里下了毒，我理应去四处看看。你且去孔庙学堂，与那县学教谕欧阳先生见一面，问问他有关董迈和夏光的情形。此老为人精明练达，我很想听听他对那两个后生的品行有何评议。你不必等我回去，明日用过早饭后，你再去二堂中回禀。”

二人一同顺阶而下时，狄公又道：“对了，你回衙经过内宅时，让管家告诉夫人们一声，就说我今晚迟些回去。”

四

狄公从一名衙役手中牵过马匹，登鞍上去，朝南直驰。官道上满是出城回家的百姓，无人留意这骑马独行的过客。

官道顺着运河延伸下去，大约有三里地。龙舟赛虽已告终，岸边仍有不少男女尚未离去，正三三两两席地而坐。前方出现一片起伏的山地，两旁皆是黑漆漆的树林，穿林而过后又是平地，只见货摊上亮着一盏盏彩灯，正是白石桥村的村口，一座高高的石拱桥横跨河上，此村正是由此而得名。经过桥面时，狄公望见前方码头处竖立着一根根桅杆，那里泊有硕大的航船，正是本地河流与大运河的交汇处。

石桥对面的集市里灯火通明，货摊旁人头攒动。狄公甩镫下马，牵着坐骑走到一家铁匠铺前。那铁匠正闲着无事，收下几枚铜板，答应帮忙照管马匹。狄公见他并未认出自己是蒲阳县令，不觉心中暗喜。

狄公信步朝前走去，想找个适宜的地方打探消息。

河边的大树下有一座小庙，外有朱漆大柱，众百姓正排成一队依次经过，狄公也加入其中。通往大殿的石阶下摆着一只功德箱，人人都摸出几文钱投进去。狄公上前投钱时，好奇地朝殿内张望。只见祭坛上方悬着一盏油灯，一个身穿旧褐袍的老道士正在往灯里添油。殿内立着河神娘娘的塑像，与真人一般大小，盘腿坐在莲花宝座上，双目半闭，似是俯视众生，唇角微扬，挂着一丝浅浅的笑意。

狄公笃信儒家教义，对这类民间淫祀向来深恶痛绝，遥望这妩媚笑颜，心中忽觉莫名不安，不禁恼怒地耸耸肩头，沿阶而下继续前行，走不多远，便瞧见一家理发铺，门面正对着河岸。狄公进入店内，坐在矮凳上，却见一个窈窕女子原本立在人群之外，此时移步朝这边走来，身着黑绸外袍，用一幅黑巾遮住下半个脸面，衣着素淡，举止端庄，显然出自大家，绝非烟花粉头之流。狄公摘下便帽，心中暗想如此夜晚时分，一个贵妇怎会孤身一人在这喧闹的集市中，旋即便转了念头，对那理发匠细细陈说想要将胡须如何修剪一番。

“这位客官从哪里来?”理发匠问道，动手为狄公梳理长髯。

“在下乃是一名拳师，从邻县过来，正要去京城探亲。”狄公深知拳师须得清节自律、操守严谨，因此素来受人敬重，也容易得人信任，又道，“今晚男女老少都跑来看这龙船赛，掌柜必是生意大好。”

“实不相瞒，也不是太好！众人自有更好的去处，哪里会来剃头刮脸呢。看见河对岸的那家大酒肆了没？龙船出发前，本地有名的卞老爷和寇老爷就在那里招待所有桨手，还有他们所有的亲朋好友。我且问你，要是能放开肚皮白吃白喝，谁还会花几文钱来剃头不成？”

狄公点头称是，眼角的余光一扫，见那黑衣女子正站在理发铺与大街之间的栏杆旁，说不定真是一个娼妓，专等自己出门时上前搭讪。

狄公对理发匠说道：“我看那酒肆里只有四个伙计，要招待恁多客人，一定忙得不可开交！听说这次共有九条船。”

“没有的事，他们才不忙哩！你看没看见后面的桌案？他们摆了六大坛酒在上面，人人都可拿碗自己去舀，想喝多少就喝多少！另有两张条几上堆着冷点心，只管伸手去取便是！我看见有几个老主顾做了桨手，心想自己多少也算是亲朋好友，跟着吃喝一遭也不为过，便自行奔了过去。客官且听我说，那些吃食全是一等一的！卞老爷寇老爷根本不在意花这点钱，完全不当一回事！他二人脚不沾地来回走动，对人人都好言好语。客官想不想洗洗头发？”

理发匠见狄公摇头，接着又道，“我敢打赌，如今虽没了那不花钱的酒水，村民们也会一直喝到半夜方休！赛龙舟时出了意外，死了一个后生。正是因此，人人都高兴得很。白娘娘既已得了新官人，今年秋天定会有个好收成！”

“莫非你也笃信那白娘娘？”

“说起来，倒是也信也不信。我操此营生，又无须下田下河，因此多少能看得开些。不过我可不想走到那边的风茄林里去！”理发匠说到此处，拿手中的剪刀一指，又道，“那片地方全归白娘娘所有，我宁可离得远远的，但求平安无事哩！”

“所见略同。你且手下留神，别拿着剪子在我头上晃来晃去！这就妥了，多谢多谢，该给你多少钱？”

狄公付过几枚铜板，戴上便帽，走出店门。

黑衣女子款步上前，开口说道：“奴家想与你略叙一语。”

狄公止步打量一眼，此女出言温文有礼，可见自己最初猜想得不差，果然是个大家妇人。只听她接着又道：“适才听你自陈是个拳师，今晚倒有一桩活计，想要劳动一二。”

狄公心中好奇，不知这古怪的女子有何意图，于是说道：“我乃是行路之人，少了银子怎能四处走动。但凡有好处，自是不在话下。”

河岸独行路遇一女

“且随我来!”

女子走到岸边的一排柳树下，在一张乡间石凳上坐定，狄公也对面坐下。女子摘下黑巾，一双明眸盯着狄公不住打量，容貌十分标致，一张杏脸未施粉黛，樱桃小口天生娇艳，光润的面颊上微微泛起红晕，看去二十四五岁年纪，半晌后说道:“你看去似是个正派人，想必不会趁机有什么非分之举。这差事十分容易，我与人约定在风茄林附近的一幢荒宅里会面，谈一笔要紧的生意，从此处走过去，须得两刻钟工夫。当初与人约下日子时，我一时糊涂，竟忘了今晚有龙舟赛，各色泼皮无赖都会在周围出没，故此想请你陪我走一程，免得遇到拦路的贼人之类。你只需送我到宅院门口即可。”说罢从衣袖中摸出一块亮闪闪的银锭，“只是走一趟路而已，这些银子给你，可也不算少吧。”

狄公心想必得再多打探一些内情，于是霍然起身，冷冷说道:“我倒不介意随手挣几个钱使花，然而身为拳师，不可辱没了自家身份，断不能行那帮人私会苟合的勾当。”

“你怎敢信口胡言!”女子怒道，“我须得正告你，此事全是正大光明的!”

“要是想让我出手相助，你就先得证明自己所言不虚。”

“坐下！时间紧迫，我姑且迁就你一二。你不肯应允，倒是愈发证明我不曾看错了人。事情原是这样，我受人之托，今晚去买入一件贵重之物，价钱已经谈妥，但是情势特别，因此非得秘密交易不可。另有他人也想买入此物，卖主不敢让他们知晓已出让给我。如今他正在宅内等候。那宅子荒废多年，要说秘密交易一大笔钱，实是一个再好不过的去处。”

狄公见她左袖低垂，问道：“你是说你一个妇道人家，竟会独自携着现钱去与人交割？”

女子从左袖中取出一个四方纸包，默默递给狄公。狄公先四下打量一眼，见无人朝这边看觑，方才掀开厚纸的一角，不禁倒吸一口凉气，里面竟裹着十根黄灿灿的金条，整整齐齐排在一处。

狄公将纸包交还给女子，问道：“你到底是什么人？”

“我对你深信不疑，希望你也能同样待我。”女子镇定说罢，将纸包纳回袖中，复又取出那块纹银来，“这便说定了？”

狄公点点头，接过银锭。方才听过理发匠的一番言语，可知想在此处找到董迈被人下毒的线索，显然毫无指望。为了弄清杀人动机，明日必得派人彻查死者的身世背景、亲朋故旧。追查投毒一节根本无益，因为众桨手在酒肆中吃喝作乐时，任何人都可能把毒药投入董迈的食物或酒水中去，眼下倒不如看看这古怪的女子想要作甚。

二人经过集市时，狄公说道："我最好去买盏风灯。"

"我对那一带了如指掌!"女子不耐烦地说道。

"但我从未去过，且还得独自寻路返回。"狄公冷冷说罢，停在一个售卖家常器具的货摊前，买了一盏用竹篾扎成的小油纸风灯。二人继续行路时，狄公忍不住问道："与你会面之人又如何能寻路出去?"

"他以前曾住在那宅中，过后自会送我回到村里——若是你放心不下的话!"

二人默默前行，走入一条通往树林的幽暗道路。一群无赖后生与三个烟花女子正在嬉笑调情，看有一对男女走来，信口说了几句下流话，又见狄公人高马大，连忙闭嘴收声。

行不多远，女子朝左一拐，踏入一条林间小径。有两个游民在树下逡巡，趋到二人近前，见狄公折起衣袖，摆出拳师应斗的巍然架势，连忙又拔脚离开。狄公心想这女子真没枉花了银两，她若是孤身一人，绝无可能清清爽爽走到那荒宅去。

林中一片静寂，集市中的喧嚣已然不闻，只偶尔传来几声鸱鸮的怪叫。小径弯弯曲曲，两旁皆是茂密的大树，枝叶遮蔽天空，偶有几小片空隙处透下月光，照在铺满落叶的地面上。

女子转身回首，指着一棵高大虬劲的松树，对狄公说道："记住这棵树，你回来的时候，在此处朝左一转，一直走下去便是。"

女子走上一条荒草丛生的羊肠小道，似是对此地十分熟悉，狄公却不得不费些气力才能勉强赶上，地面坑洼不平，脚下难免磕磕绊绊，想停步稍歇片刻，于是开口问道："此处怎会荒废至此?"

"因为众人都说这里闹过鬼。宅子就在风茄林旁边，方才在理发铺内，你已听见那掌柜说的蠢话了。莫非你也怕了不成?"

"比起旁人来，胆量倒也不算小。"

"好，不要作声，就快到了。"

二人又走了一程，狄公只觉长路遥遥，似是永无尽头。女子终于停住脚步，抬手按住狄公的手臂，朝前一指。只见树梢分开之处，惨淡的月光照着一座破败的门楼，两旁各有一堵高墙，三级石阶通向厚重的双扇门，木板已然朽烂。女子上前推开门扇，低声说道："多谢你了，就此别过!" 说罢闪身入内。

狄公转身折返，刚刚走入树丛，却又蓦然止步，先将风灯放在地上，再撩起长袍下摆掖入腰间，挽起两条衣袖，复又提起风灯走回门楼，决意要寻到那二人密会之处，并找个方便的角落窥探一番。如果当真只是交易，自己便会立时离去；如果发现什么可疑之事，则会当即亮出身份，命二人说个明白。

狄公刚一踏入宅院，便发觉此事并不像自己预料得那般容易。这乡间别墅并非是依照寻常格局修建而成，进门后不见宽阔的前庭，却是一条黑黢黢的过道。狄公不想用风灯照亮，只得手扶苔藓丛生的石墙，一路摸索而行，朝着前方有微光处走去。

过道尽头是一片庭院，阔大寂静，破裂的石板缝中长满野草。对面一座大房舍，在月光下的夜幕中显出轮廓，房顶已塌陷了几处。狄公穿过庭院，止住脚步，听见右边隐隐传来响动，一扇开启的小门似是通向东厢，于是迅速穿门而过，侧耳细听。声音从一座四方亭阁中传出，亭阁位于一个小花园旁边，建在四尺高的台基之上。花园里荒草丛生，四周围墙环绕。比起其他地方来，那亭阁的墙壁与房顶看似稍稍修葺过，门板紧闭，仅有的一扇窗户也关着遮板，声音透过正门上方敞开的气窗传出。狄公四下打量一眼，见左边的外墙只有四尺高，墙头上方有几棵大树，右边的外墙稍稍高些，若是攀到墙头，就能从气窗处听见里面究竟说些什么，或是看见里面的情形。

狄公拣了一个砖石塌陷、易于攀爬之处，登上墙头时，月亮却被浮云遮蔽，周遭变为一片漆黑。狄公朝亭阁方向迅速移去，听见那女子说道：“先说清你为何会在这里，否则我一个字也不会道出。”

有人咒骂一句，随即传来一阵扭打声，女子叫道：“把你的手放开！”

就在这时，狄公身下的墙壁不堪重负，有一处坍塌下去，一大堆砖石哗哗落入下面的瓦砾堆中。狄公勉强稳住身子，正想在碎砖石中找一个落脚处下去，忽听女子惨叫一声，随即门扇开启，有人疾步奔出。狄公跳入墙脚下的灌木丛中，高声叫道：“站住别动，我的手下已包围了此处！”

此乃狄公能想到的最上策，奈何却是无济于事。等他踉跄站起时，从门楼方向远远传来树枝折断的声音。那人显然已逃入林中去了。

狄公看那亭阁，透过半开的门扇，见里面只点着一支蜡烛，黑衣女子倒在地上。

狄公踉跄跑过野草丛生的地面，奔上石阶，立在敞开的门前。只见女子仰面朝天躺在地上，胸前插着一把匕首。狄公连忙蹲身下去细看，却见她面容平静，已然气绝身亡，不禁恼怒地喃喃自语道：“她出钱雇我护送，而我却让她被人杀死了！”

女子右手握着一柄细长的匕首，显然曾试图自保。刀刃上沾有血迹，地板上滴出一行血线，一路延伸至门口。

狄公摸摸女子的衣袖，发觉那包金条已不见踪影，只有两方罗帕和一张票据，票据上写着“鋻娘，寇府”。狄公又打量一眼死者那苍白平静的面容，想起曾经听说在数年以前，寇家正室夫人得了一场大病，至今未愈，后来寇元良又娶了一个年轻美貌的女子充作二房，必是此女无疑了。寇元良竟如此愚蠢，让她独自一人来买进什么值钱的古董！不过这笔交易定是一个圈套，只为骗去那笔巨金。

狄公叹息一声，起身查看室内，不禁皱起两道浓眉。阁中空空荡荡，唯有一把椅子和一张竹榻，并无橱柜或壁龛等存放东西的地方。墙面和屋顶不久前才修补过，窗上装有结实的铁栅，新换的门板十分厚硬，挂着一把大铁锁。狄公疑惑地摇一摇头，端起蜡烛，点亮了自己带来的风灯，出门走入花园，直朝正房而去。

房中黑暗潮湿，不见一件家什。大厅已坍塌过半，后墙上刻有“河滨别业”四个大字，落款为董一贯。

“好个书法！”狄公暗赞一句，接着朝前走去。空空的廊道内，几只蝙蝠被风灯的亮光所吸引，拍打着翅膀从头顶掠过，又有几只硕大的老鼠从脚边匆匆跑散，除此之外，四下一片沉寂，如同坟墓一般。

狄公转身折返，打算回亭阁拣起两把匕首，一路走回白石桥，再命村长带人前来收尸并送去县衙，此处阴森可怖，一时再无可为。狄公走入花园，发觉已是云破月出。

忽然，狄公僵立在地，一动不动。有人正沿着花园与树林之间的矮墙偷偷潜行，从此处只能看见蓬乱的头发，离亭阁愈行愈远，步履不紧不慢，显然没有听见狄公这边的动静。

狄公伏下身去，悄无声息地靠近矮墙，手抓墙头一跃而过，落在一条长满野草的沟渠中，从地上爬起身来，只见这边的围墙比沟渠边沿高出六尺左右，却是不见一人。

狄公抬头张望，只觉浑身冰凉，被一阵莫名的恐惧攫住。那颗蓬头仍在沿墙徐徐颠簸前行，看去十分古怪。

狄公屏息而立，两眼紧紧盯住那可怖的物事，忽然松了一口气，不禁哑然失笑。原来竟是月光作怪，实为一从纠结成团的野草，被一只小动物牵引着朝前挪动。

狄公走上前去，抓起那团野草，下面露出一只小陆龟来，浑浊的两眼朝狄公投来责怪的一瞥，旋即收起头颅和四条腿，缩回龟壳里去。

“好个小家伙，这一招真是聪明!”狄公喃喃念道，“但愿我也能如法炮制!”

说出此语后，狄公只觉心下稍安，然而一股阴森古怪之气似又渐渐迫近，转头看去，沟渠的另一边生着低矮茂密的灌木，如同一道墙垣，上方冒出一大片黑漆漆的林子，分明就是河神娘娘的圣地风茄林。银白的月光下，枝叶纹丝不动。

“你我不宜在此久留，”狄公对小乌龟说道，“你最好随我一起走，我正需要这么个小东西放在假山花园里，好平添一些生气。白娘娘想必不会惦记你的!”说罢抽出一方手巾，将乌龟放在上面，扎起四角后纳入袖中，又翻墙重回花园。

狄公再度走入亭阁，从女子胸前小心地拔出匕首。刀尖正刺入心脏，黑裙前襟上沾染了一片血迹。狄公从死者无力的手中抽出另一把匕首，一并包入她的一块罗帕内，朝亭阁内最后环顾一眼，出门离去。

行至门楼前，狄公打量着漆黑的过道，这才看清在外墙顶上还建有一道女墙。这别墅地处偏僻，主人显然怕有土匪来袭，以此作为防御。狄公耸耸肩头，走出正门，借着风灯的光亮，不费多少力气便循原路转回了白石桥。

集市中依旧热闹熙攘，村民们仍未打算回家歇息。狄公命一个闲汉去叫来村长，道明自己乃是蒲阳县令，村长一听，吓得战战兢兢。狄公命他带人前去收尸，再派十来个人看守别墅，直到明天早上，吩咐完毕后，从铁匠处取回马匹，将两把匕首与乌龟放入鞍袋内，一路驰回蒲阳县城。

五

蒲阳城的南门半开半掩，看去高大厚重，外面箍有铁皮。此时虽已夜深，仍有百姓三三两两结伴入内，每人须交给城门什长一块长方竹牌，牌面上潦草写着数目。若是有人想在城门关闭之后再返回，就得在出城时讨一块这样的竹牌；若是没有此物，就得缴纳五个铜板，再报上姓名、生业、里居后方可获准入城。

城门什长认出了狄公，连忙喝令手下兵士推得门扇大开。狄公勒住马匹，问道："不久之前，可曾见过有个受伤的男子进城?"

什长将头盔朝后一推，露出汗湿的前额，郁郁答道："回老爷话，小校真说不准！我们没工夫盯着每个人仔细打量，且又人多……"

"罢了。从此刻起，你务必仔细盘查每一个刚被刺伤者。无论他是何人，一旦发现就立时捉拿，并即刻解送至县衙。派你的手下骑马去另外三方城门，将本县的命令一一传到!"

吩咐完毕后，狄公一径前行。街中仍是人多喧闹，众百姓行乐未央，酒肆货摊生意兴隆。狄公策马朝东而去，以前听说过寇宅就在那边。走到军塞门口，狄公询问守门的百长，便有一个勤务兵专来引路，行至一座大宅院前。此处离东门不远，四周颇为宁静。狄公甩镫下马，那兵士叩响了朱漆大门。

看门的老头儿得知来人是县令老爷，急忙跑去宅内通报，好让主人迎接贵客。寇元良奔至前院，看去惊慌失措，一时竟忘了客套寒暄，开口急急问道："莫非出了什么事故？"

"确实如此。你我进去再议，如何？"

"这个自然，老爷！还请老爷见谅，小民实在……"寇元良懊悔地摇一摇头，引着狄公穿过一条曲廊，走入阔大的书斋，里面只摆着寥寥几件硬木古董家什。二人在屋角的圆桌旁坐下，狄公问道："府上的二夫人可是名叫鋆娘？"

"正是，老爷，一点不错！她出了何事？刚一用过晚饭，她便离家出去办一点事，此时还不见回来。不知……"

这时管家进来送茶，寇元良住口不语，执壶斟出两杯茶水。狄公缓捋长髯，从旁打量，待寇元良重又坐定后，方才肃然说道："寇先生，本县不得不憾然告知你，鑒娘被人谋害了性命。"

寇元良立时面色煞白，僵坐椅中，双目圆睁，惊骇无已，定定望着狄公，忽然出声说道："被人谋害了性命！到底出了何事？是谁下此毒手？她又是在何时何地……"

狄公抬手示意一下，"至于最后一问，寇先生自己应该十分清楚，正是你让她去那荒僻之处的。"

"荒僻之处？哪个荒僻之处？老天有眼，她为何不肯听我一句！我一力恳求过她，至少告诉我要去哪里，奈何她……"

"寇先生最好从头说起。"狄公又插言道，"来来，先喝下这杯茶水。此事对你定是晴天霹雳，不过，本县若是不能立即得知所有详情的话，也就无法捉住那下毒手的歹人了。"

寇元良咽下几口茶水，稍稍和缓说道："凶手是何人？"

"一个男子，其身份尚且不知。"

"她是如何被害的？"

"一把匕首刺入了她的心脏，立时就断了气，并没十分吃痛受苦。"

寇元良缓缓点头，轻声说道："她是个出类拔萃的女子，对于鉴赏古董极有天分，尤其是鉴别各色宝石。我研究古物时，她总会从旁相助，实是个悦人的良伴……”说罢朝房门右边凄然望了一眼，只见一座乌木雕花格架靠墙而立，架上精心摆放着瓷器与玉器，“那些都是她一手布置的，她还将家中的藏品编写成册。四年前，我刚刚买下她时，她还根本不通文墨，经我教授一两年后，就能写得一笔好字……”说到此处，抬手掩面，默然不语。

“你是从哪里买下她的?”狄公徐徐问道。

“她原是董一贯老先生府上的奴婢，小民——”

“董一贯?”狄公出声叫道，想起适才在荒宅的厅堂里，曾看见墙上刻有此人的大名！鋆娘也曾说过，她与将要会面的那人都对宅院了如指掌！便又问道，“被人毒死的书生董迈，想来就是董一贯之子了?”

“正是，老爷。鋆娘是个孤儿，董老先生曾对她十分疼爱。四年前，董老先生不得不变卖家产，想给鋆娘找个稳妥的去处，就向我提议此事。我膝下无儿无女，于是出了四根金条买下她，打算收作养女。后来，她出落得一天比一天标致，格外娴雅妩媚，如同玉像一般……”寇元良抬手一抹两眼，过后又道，“只因拙荆……长年患病未愈，小民这才于两年前娶了鋆娘作二房，虽说我比她年岁大了许多，却是志趣相投……”

"本县深明此意。再说今日，你派她出去办理何事?"

寇元良缓缓饮完杯中的茶水，方才答道:"回老爷，原是这样，她曾将董迈举荐给我，好帮忙搜求古董。她与董迈从小一起长大，自然十分相熟。两天前，她对我道是董迈得了一件极其罕见贵重的古物，乃是一个……一个花瓶。那花瓶精美至极，世间罕有，开价是十根金条。据她说来，其真正的价值要翻上一倍，或者更甚也未可知。既是出名的古董，自然觊觎者甚众，董迈不想让旁人知晓卖给了我。她还说董迈已答应在一个二人皆知的妥善地方亲手转交，今晚龙船赛过后，她将会自行前去。我想要让她说出究竟要去哪里，一个年轻女子只身前往，且又携着一大笔现钱……但她坚称那地方十分安全……后来，我看见董迈暴死船上，心知她必会空等一场，原本以为归家后会看见她已返回，谁知竟不见人影，这才担忧起来，但也是无可如何，因为我根本不知他们在何处会面……"

"此事本县可以告诉你，"狄公说道，"正是在荒废的董宅内，就建在白石桥村的密林旁边。鋆娘并不知晓董迈已死，另有一个知情人顶替董迈前去，正是那人杀死了鋆娘，并盗去金条与那个，哦……花瓶。你方才说的可是花瓶?"

"荒废的旧宅！我的天，为何她要……她对那里自然是了如指掌，不过……”寇元良说着垂头不语。

狄公仔细打量了寇元良一眼，又问道：“为何众人说那宅子闹鬼？”

寇元良抬起头来，惊恐地说道：“闹鬼？回老爷，想是由于风茄林的缘故。几百年前，那一带全是沼地，长满了大小树木，河面也比如今要宽阔许多。本地人笃信河神娘娘，远近的渔人船夫常去祭拜。那时的风茄地还是一大片密林，当中建有一座漂亮的祠堂，里面立着一尊硕大的汉白玉神像，每年都会有一个青壮男子在神坛上成为祭品。后来，大运河修到此地，那片林子便被伐去，只有神祠周围的风茄丝毫未动，原样保留了下来，为的是尊重当地百姓的信仰，不过官府下令禁止再用活人献祭。就在第二年，发生了一场大地震，祠堂被毁去一部分，里面的道士及其两个徒弟也全都送了性命。众百姓纷纷道是白娘娘圣心大怒，从此弃了那旧祠堂，在白石桥村的河岸边新修了一座，通往风茄林的道路很快湮没在野草丛中，无人再敢踏入那片地方。老爷想也知道，风茄的根部药性极强，作为药材，向来价格不菲，然而饶是如此，即使采药人也不敢冒险入林。”

寇元良皱一皱眉头，似是不知该如何说下去，清清喉咙，又斟满两杯茶水，方才接着叙道：“十年前，董老先生要在风茄林边修建别墅，当地人警告他说此举将会搅扰白娘娘圣林的清静，实在荒唐透顶，非但拒绝为他出工出力，还说若是他不肯打消此念的话，白娘娘怀恨在心，必会降下旱涝灾祸来。但是老董生性固执，又是个北方人，根本不信白娘娘那一套。他从邻县雇来一拨工匠，到底建起了别墅，举家迁入宅内，还将收藏的一应青铜古董也搬了进去。我曾拜访过董家几次，他收藏的青铜器十分上乘，如今难以觅到上好之物，说起来实在可惜……”说到一半忽然止住，凄然摇一摇头，努力整顿全神，接着又道，“四年前的一个夏夜，老董一家挨过了白日闷热，正坐在后花园的东亭前纳凉时，忽然看见白娘娘从对面的风茄林中现形出来。老董后来对我说起过此事，那情景着实可怖……白娘娘只穿了一件血迹斑斑的白衣，湿漉的长发披散下来遮住脸面，举起两只血淋淋的手爪，口中尖叫着冲他们直奔过来。老董全家见此情形，立时拔脚四散奔逃。那一日云气郁结已久，似是要下暴雨，此时忽然电闪雷鸣，大雨随之倾泻如注。老董一家踉踉跄跄跑进村里，浑身淋得湿透，衣袍也被树枝挂破，个个魂不附体，几乎不曾吓死。

“老董立时决意弃了那宅子，次日又传来消息，说是董家在京城的商行倒闭，于是他将全部宅院田产卖给了京城里一个富有的药材商，举家迁离蒲阳而去。”

寇元良说到此处，蓦然住口不语。狄公缓捋长髯听得入神，半晌后问道：“鳖娘既然知晓所有内情，为何还敢在晚间去那闹鬼的旧宅？”

“回老爷，她并不相信宅子里当真闹过鬼。她以前说过，所谓鬼怪只是当地人假扮而成，专为吓唬老董的，并且身为女子，她更是无须惧怕。白娘娘神通广大，向来护佑女子，因此只有年轻后生才会被用来献祭，而不是妇人或少女。”

狄公点点头，举杯呷了几口茶水，忽然放下茶盅，厉声说道：“你为了一己之利，让鳖娘去办一桩危险的差事，结果害得她遭人残杀。对于这桩卑劣的罪行，你本就责无旁贷！竟然还敢跟我混扯什么古董花瓶的鬼话！且让我把话说完，你以为本县当真无知无识，竟会相信天底下有价值十几根金条的花瓶？还不从实道来！鳖娘到底要为你买入何物？”

寇元良跳下地来，焦躁地团团疾走，终于打定主意，停在狄公面前，打量一眼紧闭的房门，俯身悄声说道：“正是那颗御珠！”

六

狄公愕然注视着激动不已的寇元良，拍案喝道："一派胡言！方才明明叫你说出实情，如今胆敢又拿这荒诞不经的御珠来糊弄本县！记得尚在幼年时，家中保姆哄我入睡，就曾亲口讲过这故事！什么御珠，简直岂有此理！"说罢气恼地揪一揪长髯。

寇元良转回座中，用衣袖揩揩汗湿的前额，急急说道："回老爷，此事千真万确，小民可以对天起誓！鏨娘亲眼见过那御珠，如鸽卵一般大小，形状椭圆，完美无缺，发出白色的珠光，令人叹为观止！"

"这天下闻名的皇家宝物如何会落到董迈手里，不知他又编出了怎样的离奇故事？"

寇元良倾身朝前，迅速答道："回老爷，董迈是从一个穷苦的老妇人那里得来的。那老妇人曾与董迈住在同一条街上，得过董迈不少帮助，因此在临终前取出御珠相赠，以表感激之意。她孤苦伶仃，在世上无亲无故，这才终于透露了家中两代秘而不宣的惊人旧事。"

“如此说来，又有一段家族秘闻了！”狄公叹息一声，“好吧，你且说来听听！”

“老爷明鉴，此事听去颇为离奇，不过确属实情。那老妇人的外祖母曾在皇宫里做过宫女，当她母亲只有三岁时，波斯国使者将一颗名贵的珍珠赠给先皇❶，先皇又赐予皇后作为生辰贺礼。整个后宫为之倾动，所有妃嫔纷纷前去皇后的宫中道贺，恭喜她得蒙圣眷、获此奇珍。那小女孩在外面的平台上玩耍，听到里面人声喧哗，便溜进房内，看见珠子就放在一张条几上，下面衬有织锦软垫，便上前一把抓起纳入口中，随即跑出门去，想在花园中玩赏一阵。后来众人发现御珠失踪不见，皇后立即召来太监与后宫守卫，关起所有门户，并挨个儿搜查来人，却没有一人怀疑到那个在花园中跑来跑去的小女孩。皇后最疑心的四个妃嫔被折磨致死，另有数十名侍从遭到鞭打，但是御珠仍然不见踪影。当天晚上，两名御史大夫受命主持彻查。”

寇元良两颊通红，为了这古老的传说而心绪激荡，似是暂时忘却了悲恸，举杯匆匆喝下一口茶水，接着叙道：“次日一早，那宫女见女儿口中含着东西，便责骂她

❶ 此处依荷文本，在英文本中为“当今圣上的祖父”。

又从罐子里偷吃甜食，小女孩天真地吐出珠子来给母亲看。宫女一瞧，立时吓得半死。既然已有四名妃嫔无辜冤死，如今即使交出御珠并道出实情，自己全家也得人头落地。于是她决意守口如瓶，藏起御珠。

“宫内接连搜查了几日，还派来大理寺的判官协助御史大夫。先皇许下赏格，若是有人能破获这一疑案，便可得到一笔巨金。此事传得天下皆知，后来又生出了种种说法，不过御珠始终无影无踪。

“那宫女一直藏着珠子，直到自觉大限将近，才传给了女儿，即老妇人的母亲，并要她发誓保守秘密。其女后来嫁了一个负债累累的木匠，一生过得十分贫苦。老爷可以想见，彼等境遇何其悲惨！虽然手中握有一件无价之宝，却又毫无用处，因为绝不敢拿去变卖。没有一个商贾敢于染指此物，如果有人得知消息，必得立即报告官府，定会给他们带来大祸。当年全家不但盗窃宫中之物，还连累四个妃嫔无辜冤死，犯下如此滔天大罪，将会祸延三代。不过他们也不忍心丢弃或毁去这一奇宝。这些拥有御珠之人着实不幸，竟被它死死纠缠着不得解脱！那老妇人年纪轻轻便死了丈夫，后来靠替人浆洗勉强度日，从不敢将此秘密告诉他人，直到世上所有亲属皆已亡故，自己也已病入膏肓，才对董迈吐露了实情。”

寇元良住口不语，望着狄公似有所待。

狄公未发一语。这一桩许多年前的悬案❶，曾令最富才智之人迷惑难解，说不定真相就是如此简单。当日皇后身边簇拥着一群妃嫔，人人都兴奋不已，宽大的衣裙拖曳在地，行动时如同波浪翻涌……无人会注意到一个在地上玩耍的小女孩，也是情理中事。不过，这也可能只是一个精心编造出的故事。

狄公默然良久，方才开口徐徐说道："为何董迈不将御珠献给朝廷？官府轻易便可查出那老妇人的家世来历，若是她家祖辈果真做过宫女，董迈就会得到一大笔赏金，远远超过你那十根金条。"

"回老爷，董迈毕竟只是一介书生，且又客居此地，唯恐官府信他不过，难免会用刑逼供，倒不如得了十根金条，再由小民将这件稀世之宝完璧归赵、奉还原主，即当今圣上，定能因此得到褒奖。如此这般行事，似是更为稳妥。"

寇元良这一番冠冕堂皇之辞，狄公听罢半信半疑，尤其是最后的完璧归赵一说。这些痴狂藏家常常会罔顾仁义道德，寇元良更有可能将御珠据为己有，好在余生里悄

---

❶ 此处依荷文本，在英文本中为"百年悬案"。

悄赏鉴把玩。

狄公冷冷说道:“你所谓的行事稳妥，在本县看来，却是未能及时上报有关宫廷窃案的重要线索而犯下的罪过。鋆娘对你道出此事后，你本应立即报知与我。事到如今，皇家宝物丢失不见，全是你一手造成。为你本人着想，但愿只是丢失一时。本县将会全力追踪那杀人凶手，并追回御珠，到时候也可能发现实为赝品，这故事只是一个圈套——说来倒是你的运气!”

寇元良期期艾艾还想发问，狄公却不容他开口，霍然起身，又道:“本县最后再问一事，董迈可曾对你说过，他已修葺过荒宅中的亭阁，好用来存放古董?”

“从没说过，老爷！小民敢说鋆娘也不晓得此事。”

“明白了。”狄公说罢朝门口走去，忽又止住脚步。只见敞开的门前，立着一个身材颀长、仪容高贵的女子。

寇元良疾步走上前去，按住那女子的手臂，轻声说道:“金莲，你该回房去了！明知自己还不曾大好!”

女子似是听而不闻。狄公走到近前，只见她三十左右年纪，生得艳色非凡，鼻梁纤细挺直，一张樱桃小口，弯弯两道蛾眉，面色平静，表情木然，一双大眼毫无光彩，眼神空洞地注视着前方。身着一件玄丝长裙，拖着两条广袖，系一根宽宽的丝绦，愈发衬出纤腰丰胸、身段玲珑。一头乌亮的秀发朝后直梳，只簪了一朵金丝打制的小小莲花为饰。

“拙荆有些神志不清，老爷。”寇元良郁郁地低声说道，“几年前，她罹患了一场脑热，从此便成了这副模样。平时她只在自己房中，若是独自一人出来走动，难保不会受伤，定是侍女们一时不慎，才让她溜出了房门。今晚鑒娘失踪不见，家中所有仆佣都为此惶惶不安……”

寇元良俯身低首，对其妻亲密地喃喃低语几句，但是金莲看似浑然不觉，定定地望着前方，抬起一只白皙的纤手缓抚云鬓。

狄公朝这古怪女子投去怜悯的一瞥，对寇元良说道：“你且照顾尊夫人，本县自会循路出去。”

七

子初时分，狄公驰回衙院正门，坐在马背上倾身朝前，手持鞭柄敲叩几下，两名守卫连忙推开箍有铁皮的厚重门扇。狄公经过一道石拱，走入衙院中庭，将坐骑交给睡眼惺忪的马夫，却见二堂的窗内仍然透出亮光，于是手提鞍袋径直走去。

硕大的书案前，洪亮坐在一张小凳上，就着一支点亮的蜡烛，正埋头阅读公文，看见狄公进来，连忙起身问道："老爷，白石桥那边出了何事？两刻钟之前，村长将一具女尸送到县衙中来。我已命仵作去查验过，这便是他写下的尸格。"

洪亮呈上刚刚看过的文书。狄公立在书案旁，匆匆浏览了一遍。死者乃是已婚少妇，因匕首刺入心脏而致死，全身并无形体缺陷，只是双肩处有几道来历不明的旧疤痕，且已怀有三个月的身孕。

狄公看罢尸格，复又交给洪亮，在书案后的圈椅中坐下，将鞍袋放在案头，朝后靠坐在椅背上，问道："班头可曾将夏光带来？就是董迈的朋友。”

“没有，老爷。半个时辰以前，班头回到衙院，告知我说夏光还未归家，卖旧衣的房东道是夏光一向起居无常，有时一两天都不见人影，等着也是徒劳。班头搜查过董迈与夏光合住的阁楼，然后回来复命，留下两名衙役在那里看守到明早，命他们一见夏光露面便立即捉拿。”

洪亮清清喉咙，接着又道：“我与县学里的欧阳先生长谈了一阵。卞大夫与寇先生对董迈颇多好评，欧阳先生却另有一番说法，对我道是董迈夏光都很聪明，但是行止放荡、喜好酒色，还做些不明不白的钱财交易。他二人在学堂里从不按时上课，最近几个月里更是少有露面，老先生对此倒不以为憾，只因他们对其他学生的影响甚坏，不过却为董老先生感到惋惜，还说此老颇富学识、素养甚佳。夏光的父母住在京城，由于他品行不端，两下似是已经断绝了来往。”

狄公点点头，坐直起来，提着鞍袋朝桌案上倾囊一倒，先将两把包起的匕首放在一旁，再解开扎成小包的手巾。只见一只小乌龟爬出来，对着烛火肃然眨一眨眼，又缩回龟壳里去。洪亮看在眼里，面露惊愕之色。

“洪亮，若是你给我倒一大杯热茶来，”狄公惨然一笑，“我就对你说说从何处弄来的这个小家伙。”

洪亮自去屋角的茶几旁忙碌，狄公捧起小乌龟，起身走到后窗前，探头出去，将它放在围墙环绕的花园假山之中。

狄公转回座中，对洪亮细述了一番在董家旧宅中的遭遇。讲到一半时，守卫蒲阳南门的什长进来，禀报说自己与负责其他三门的同伍皆未发现新近被刺伤的男子。待那什长告退后，狄公又对洪亮叙过与寇元良的一番言谈。

“如今十分清楚，我们将要着手办理的案子，可以有两种完全不同的解释。我这就对你一一道来，不过须得申明一点，这只是为了指出大致的理路，并为如何查案理清方向。你也喝上一杯，洪亮。”

狄公饮完杯中的茶水，接着说道：“首先，我们先假设寇元良说的全是实情。董迈被一不知名姓者毒死，那人事先知道关于御珠的交易，想要在董宅内与鍪娘会面，盗走金子与御珠。为了达到目的，他毫不犹豫地谋害了董迈，并杀死鍪娘，或是因为鍪娘拿匕首刺伤了他，或是只为杀人灭口。还有一种情形，虽然可能性更小，但也并非全然不会发生，即前去赴约之人与毒死董迈一事根本无关，但是知晓荒宅内的秘密交易。当他听说董迈突然丧命，便立刻想到可以冒名顶替前去赴约，只为得到金子和御珠。若是此种情形，鏧娘必是死于意外，因为窃贼与凶手并非同一伙人。”

狄公略停片刻，轻捻颊须，半晌后又道：“第二种设想的根据是寇元良只讲了一半真话，且对我扯谎说他并不知晓鏧娘与董迈在何处会面。若是此种情形，董迈与鏧娘被杀，便是出于寇元良的指使。”

“老爷，这怎么可能?”洪亮惊问道。

“切记董迈与鏧娘从小一起长大！一个是高大英武的清俊后生，一个是俏丽聪慧的妙龄少女。假如这一对少年男女本是情人，又会如何？没有几个家翁会宽恕自己的儿子与丫鬟侍女两下生情，那董老先生想必也是其中之一，实在不幸得很。若是如此，鏧娘到了寇家之后，就很可能与董迈旧情不断，仍然私下来往。”

“如果真是如此，鏧娘也未免太忘恩负义了!”

“女子一旦坠入情网，其行为常常匪夷所思。寇元良尽管仪表堂堂、风神潇洒，终究比鏧娘大了二十来岁。尸检表明鏧娘怀有身孕，那腹中胎儿很可能就是董迈的骨血。寇元良发觉鏧娘对自己不忠，表面上不动声色，暗地里却伺机报复。当鏧娘告诉他董迈手里有御珠时，真可谓是天赐良机。寇元良不但可以除去这一对男女，拿回自己的黄金，还可得到一件无价之宝——实乃一石三鸟的妙计。寇元良在白石桥村的酒肆里招待众桨手时，有的是机会给董迈下毒。除掉了董迈之后，他只需再雇一个泼皮无赖前去荒宅赴约，命那人杀死鑾娘，取走金条，并在亭阁内找到董迈藏起的御珠。

“我的两种设想便是如此。不过，我得重申一遍，所有这些只是猜测而已。在采取切实的举措之前，我们必须了解更多有关涉案之人的情形。”

洪亮缓缓点头，忧心说道：“老爷，为了御珠，我们非得有所设法不可。那凶手见老爷意外出现，来不及寻找御珠便匆匆逃走，御珠一定还在亭阁内。我们何不立时去宅中搜寻一番？”

“此时倒是不必。幸好我已吩咐村长派人在那里严守，只是例行手段而已。明日一早，等到天光大亮后，你我再去彻查。不过还有另一种可能，即董迈将御珠揣在身上。他的衣物可在这里？”

洪亮走到墙边，从几案上拿起一个上封的包裹。狄公撕开封条，与洪亮一道细细搜查里面的衣物，摸过所有褶缝，洪亮还割开了两只鞋底，却是一无所获。

洪亮将所有衣物重又包起。狄公默默饮过一杯茶水，缓缓说道：“眼前的人命案竟与宫中失窃有所关联，使得情势愈发严重起来。依我之见，寇元良的品性若何，尚且难以揣测。我想要知道更多关于此人的消息，他的正室夫人本是最为知情者，可惜如今神志失常，自然无法可想了。洪亮，你可知道她是如何弄成这样的？”

“回老爷，我听人说过一些，此事曾在蒲阳城轰动一时。寇夫人闺名金莲，四年前的一天晚上，她出门去拜访一个住在邻街的闺中密友，却没能走到那人家里，定是在半路上脑热发作，从此忘记了过去的种种，似是漫无目的地四处游荡，后来出了东门，在荒地里徘徊了整整一夜。次日清早，几名农夫发现她躺在草丛中，完全不省人事，后来大病了一场，足足有一两个月，病愈之后，神志再也没能恢复。”

洪亮默然半晌，若有所思，捻着花白的山羊胡，接着又道：“老爷适才说起第一种设想时，提到董迈被毒杀可能与御珠交易并无关联。我想起以前曾听陶干说过，每逢龙船赛时，虽然平常百姓只出几文钱下注，富裕的商贾或掌柜们却常会押上大笔银钱。陶干还说有人也会为了巨额赌金而挖空心思地做各种手脚。这次众人事先都看好卞大夫的船，若是有个无赖事先知晓卞家龙船上的司鼓会出事故，他就会因此押个冷门而赢上一大笔。或许正是这样一个无赖毒死了董迈也未可知。”

“言之有理，”狄公赞许道，“这也是我们必须考虑的一种可能。”

只听有人叩门，却是班头走入，对狄公行过礼后，将一只脏污的信封呈至书案上，开口说道：“启禀老爷，小人搜查那两个书生同住的阁楼时，在夏光的衣箱中发现了此物。董迈的衣箱里只有几件破旧衣服，没见一片字纸！”

“好吧，你且退下。”

狄公撕开信封，抽出三张叠起的纸片。头一页是夏光通过县试的官书，第二页是县衙许可夏光住在蒲阳的文书。狄公展开第三页时，不禁扬起两道浓眉，在案上小心地抚平纸张，又将烛火移近，说道：“洪亮，你看这是什么！”

洪亮定睛一瞧，却是一张粗略的城南地图。狄公抬手一指，说道：“这里是风茄林，这一长条是废弃的董宅，上面唯独标出了东亭。如此看来，夏光与买卖御珠一事多少有些关联！我们必须捉住此人，而且越快越好！”

“他可能正在城内某处游逛哩，老爷。我们的老相识盛八，就是以前自命为江湖老大的那厮，无疑会知道在何处能找到夏光！”

“我们大可去询问一番。我已任命盛八为丐帮头领，这一向他倒是从不与官府为难。”

“可惜他这人行踪不定，很是难找，唯独每日晚间必在家中，因为那时候群丐都会去给他上缴份子钱。我最好这就去寻他，老爷！”

“不可如此！你一定十分疲累，理应回房上床歇息才是！”

“老爷，此时不去，就得多耽搁整整一天的工夫！再者说来，我与盛八一向交好，对那老鬼头要弄的小花样也略知一二。想来他对我倒是颇感亲近——对另外那三人却不以为然。盛八曾在私下里对我说过，马荣乔泰性情粗暴，凶神恶煞一般，陶干则是个吝啬刻薄的骗人精！”

“盛八这话说得有趣！”狄公微微一笑，“且罢，既然你一力坚持，那就照你说的去办。不过要坐官轿出门，再带上四名衙役。盛八住的那一带颇不宁静。”

洪亮离去后，狄公又饮了一杯茶水，心中对此事其实甚为忧虑，只是方才并未对洪亮统统道出。一个穷书生被人毒死，忽又牵涉到事关宫中宝物失窃的要案，自己务必迅速查出眉目来，因为关于御珠一节，非得尽快呈报给上司不可，但又必须小心行事。狄公长叹一声，起身穿过中庭，朝衙院后方的内宅走去，一路兀自沉思。

狄公本以为三位夫人早已回房归寝，打算自去书斋中过夜。不料管家打开前门、引路入内时，却见女眷房中灯火通明，还传来阵阵笑声。管家见狄公面露惊异之色，连忙说道："启禀老爷，鲍将军的夫人与万法曹的夫人今晚前来拜访。几位夫人一道拜过天后娘娘，大太太请她们留下打牌，还吩咐小人一见老爷回宅就立即通报，好打发了客人来侍候老爷。"

"你告诉太太去一趟前厅，片时即可。"

一时大夫人走入小小的房内，身着一件最为中意的蓝紫色锦袍，上面绣有金花图样，越发显得形容妩媚，狄公看在眼里，心中甚悦。大夫人躬身一拜，急急问道："但愿龙舟赛后没出什么意外吧？"

"突然出了一桩事故，我不得不立即处置。如今只想说大可不必因为我而使得欢会中断。我已十分疲累，只想立时歇息，这便去书斋中就寝，自有管家侍候。"

大夫人正欲道晚安时，狄公忽又问道："还有一事，你可曾找到那枚失踪不见的骨牌？"

"没找到。我们几个都认定必是从船上掉下去了。"

"岂有此理！牌桌明明摆在甲板正中央。那可恶的白板究竟跑到哪里去了？"

大夫人翘起食指，半开玩笑半认真地说道："你我已做了十多年的夫妻，我还从未见过老爷为了一点琐事如此着恼，但愿不会从此开了先例吧？”

“自然不会！”狄公说着微微一笑，冲大夫人点点头，直朝书斋走去。

八

关帝庙背后有一片穷街陋巷，丐帮头领所居的酒肆就在其中。大厅内挤满了各路乞丐游民，人声嘈杂，弥漫着一股汗臭与劣酒气味。洪亮好不容易挤出一条路来，行至店后的柜台前。

两个衣着邋遢的无赖对面而立，正在大声对骂，虽说身量都颇高，不过斜倚在柜台旁的一个肥胖汉子比这二人还要高出一两寸。只见他穿件破旧的黑外褂，套一条打了补丁的阔腿裤，桅杆一般粗壮的双臂交叠起来，搭在便便大腹上，一头长发凌乱披拂，用一根肮脏的布条扎起，油腻的胡须结成一绺一绺，拧紧两道浓眉，怒瞪着正在吵嘴的二人，半晌过后，突然一提裤子，两手分别捏住二人的脖颈原地提起，将两颗脑袋用力对撞两下，竟似毫不费力，随即任由二人砰然落地。

洪亮上前说道："盛八老弟，贸然前来打搅，实在过意不去。我深知你整日忙于主持帮内事务，一刻也不得闲。"说罢低头一瞥，见那两个无赖坐在地上，茫茫然各自揉着脑袋，接着又道，“不过有点急事，非得来找你不可。”

盛八疑惑地瞧了洪亮一眼，低声咕哝道：“洪都头，我有病在身，而且病得很重，不过不会因此而礼数有亏。你我去那边坐下，再吃上一些茶点。”

二人在一张摇摇晃晃的角桌旁坐下，桌上摆着一碗气味浓烈的水酒。洪亮殷勤说道：“我不好占用你太多工夫，只想打听一点消息，关于两个客居在此的书生，名叫董迈和夏光，后一人的脸上有一道伤疤。”

盛八搔搔肚皮，默然半晌，瓮声瓮气地说道：“两个客居在此的书生？我可从没听说过，也不想听说什么。不识字的骗子无赖已经够坏了，但还是赶不上那些会识文断字的，从书里学到的鬼点子更多更毒哩。他二人要是惹了什么麻烦，倒也不足为怪，我可不想与他们打什么交道，根本从无此念。”

“这二人中有一个已然身亡，在龙舟赛上出了意外。”

“愿他魂去安然！”盛八虔敬地说道。

“你可去看过龙舟赛？”

“我？没有，我才不会下赌注，出不起那个闲钱。”

“说哪里话！还能没有几个铜板不成？”

“几个铜板？洪都头且听我说，许多人为了九号船赌输了一大笔银子哩！姓卞的船主不定也在其中，那厮一向最会榨人钱财，如今却是霉运当头——若是他输了的话。听我的手下说，他近来手头颇紧。”盛八定定注视着酒杯，又阴郁说道，“若是牵涉到大笔银钱，多半会出意外。”

“卞大夫的船一旦失利，谁会得到好处？”

盛八抬头缓缓答道：“洪都头问得高明，实在高明！押冷门的都是精明狡诈之徒，从来不会出纰漏！他们与许多探子内线都有勾结，谁晓得银钱最后去了哪里！我可不知道！”

“不过我家老爷想要知道。此事可能与他正在勘查的一桩案子有关。”

“一个年轻书生可能牵涉其中。”盛八凄然摇一摇头，又坚决说道，“我爱莫能助，实在过意不去。”

“若是我家老爷给那透露消息的人一锭纹银，”洪亮面不改色地说道，“倒也并非奇事。”

盛八两眼骨碌碌转了几转，欣喜地叫道：“原来是狄老爷想知道！你为何不早说！我几时拒绝与官府合作过？洪都头明日再来，不定就会听到一些消息。”

洪亮点点头，意欲起身告辞，不料盛八伸手拽住洪亮的胳膊，责怪似的说道：“洪都头何必这般匆忙？”见洪亮勉强重又坐下，接着热切说道：“我与你老颇为投契！

深知你为人极好。提起洪都头来，蒲阳城里谁不称赞，我是说那些达官贵人。”

这一番开场白，必是为了要求狄公预付赏金，洪亮想到此处，不禁心中悻悻，探手入袖摸索几下，口中咕哝了几句谦辞。盛八又插言道：“洪都头何必过谦！你老阅历甚广，且又上了几岁年纪，心思越发细密沉稳。我这里有一件难办的差使，想要托付与你。”见洪亮一脸茫然，又道：“你总不会不肯给一个良善之人帮一点小忙吧！况且这人已是病入膏肓了。”

“你看去气色颇佳，哪里像是生病的样子！”洪亮说话时，难掩面上的惊异之色。

“洪都头有所不知，这病看不出来，病根却是在这里，正在我的肚内。”只听盛八腹中一阵雷鸣，紧接着打了一个极响的嗝，群丐全都闭口收声，朝这边敬佩地打量一眼，“瞧见没有？就在我肚子里，最是要命的地方！”

“你究竟有何不适？”

盛八倾身朝前，低声说道：“因为一个女人！”

洪亮本想打趣盛八几句，见这肥汉子一脸愁容，于是话到嘴边又咽了回去，转而问道：“不知那交了好运的淑女是谁？”

酒肆内盛八诉衷肠

“淑女这说法再恰当不过!”盛八满意地说道,“想当年,她曾进过皇宫,就在京师长安。端的是一个妙人儿,十分灵慧善感,因此要接近她时,须得……哦哦,格外小心谨慎。”

洪亮目光犀利地扫了盛八一眼。一个曾在皇宫中当差的女人?洪亮忽地直坐起来,急急问道:“莫非与一颗珠子有关?”

“妙极了!洪都头总能一下就说到点子上!一颗珠子,真是非她莫属!女人中的一颗明珠。你老去见见她,再替我美言几句,但是千万要小心!她一向端庄尊贵,千万不可有所冒犯!”

洪亮听得一头雾水,看来此事与被盗的御珠应是无关,犹豫片刻后,方才问道:“莫非你想让我去为你说媒不成?”

“啊呀,哪里到这地步!”盛八骇然叫道,“你且听着!你老既是官府中人,想必也体会得以我如今的身份,必是经不起……遭人回绝,这话可还在理?人生在世,总得有些操守,不可破了规矩。”

“我一点儿也没明白!”洪亮怒道,“你究竟想要我去作甚?”

“洪都头,我想让你老去见见她,再替我美言几句,如此而已！只是替我美言几句，不多也不少！”

“愿为老弟效劳。不知在哪里能找到她？”

“你就去关帝庙，打问梁小姐的住处。她姓梁名紫兰，那一带无人不知的。”

洪亮起身说道：“虽说我如今公事繁忙，不过一旦有空，定会立即前去，或许就在一两天之内。”

“洪都头最好明早抽空便去！”盛八得意地咧嘴一笑，“我正巧想起一事，洪都头适才提起的两个书生，一个姓董，一个姓夏，要是我没记错的话，他二人曾去过梁小姐那里，而且还是常客哩。你可向梁小姐打问一二！不过一定要客客气气的，她是个妙人儿，以前曾进过——”

“进过皇宫，我已知道了。且罢，明日我再来拜会。”

九

次日清早，洪亮用过早饭，来到二堂，见狄公正站在书案旁，用绿叶喂那小乌龟。

“这些小生灵何其敏锐善感！”狄公赞道，“对你我而言，这些叶子根本没有气味，但是你看这小家伙！”

狄公拿起几片嫩叶放在座椅上，小乌龟正爬过案头的一本书册，此时迅速抬头转向座椅方向。狄公将叶子挪到小乌龟面前，等它吃完后，开窗重又送回假山花园中，然后坐在书案后方，问道：“洪亮，昨晚有何收获？”

洪亮细述一番与盛八会面的经过，最后说道：“盛八显然已听说了董迈死得有些蹊跷，还有关于龙船赛赌注做手脚的传言。他还暗示说卞大夫手头很紧，有可能赌冷门，借着自家龙船失利而饱赚一笔。”

狄公扬起两道浓眉，手捋髭须，“他真是这么说的？如此一来，卞嘉就很有些可疑了。据我看来，他在本地家资甚富，人品也无懈可击，相貌端严，面白须黑，看去气度尊贵。不过，我也承认他一力想让董迈的死因被录为心力衰竭。洪亮，你可曾听到过什么对他不利的传闻？”

“没有，老爷。众人都说他是蒲阳城里一等一的大夫。只可惜盛八说话时太过隐晦。对于董迈和夏光二人，我敢说他肚内知道的要比口中道出的更多。不过，他宁可丢了性命，也不肯痛痛快快放出一句话来！”

狄公点头说道：“显然他更想让我们去找那个女人，从她口中听到更多有关这二人的消息。今早我们就去寻访一番。夏光还没回到自己的住处？我想先见过此人，然后再听听盛八的相好有何说法。”

“回老爷，只可惜夏光还未回去。班头对我道是有一个看守夏光住处的衙役刚刚回来，禀报说仍未见夏光的人影。”洪亮略停片刻，胆怯地又道，“说起盛八的相好来，这老滑头可能或多或少听到了关于御珠的风声，想要暗示我那女人知晓此事，不然何必再三提到她曾进过皇宫——自然纯是无稽之谈！”

狄公耸耸肩头，“洪亮，别忘了在后宫当差的有上千女子，也包括那些洗衣洗碗的粗使女仆。至于御珠，你大可将这传说中的宝物抛在脑后！我已想过此节，认定整个故事只是一个圈套！彻头彻尾的传说而已！”

洪亮听得惊诧不已，张口欲言时，狄公接着又道：“洪亮，这确是一个圈套，并且我还确信寇元良对此心知肚明！昨晚我没能睡好，无法忘记御珠的故事，一遍遍地琢磨此物是如何失踪不见，董迈又是如何弄到手的，最终认定御珠根本就是子虚乌有。你且仔细听着！昨晚我对你说过，董迈与鋆娘很可能结有私情。数月之前，鋆娘对董迈说自己有了身孕，正是董迈的骨血，二人明知这段私情不能再隐瞒下去，决意双双远走高飞，但是从哪里能弄到钱呢？于是二人合谋编造出一个御珠的故事来。鋆娘对其夫说董迈已将御珠藏在一个妥当的地方，自己要独自前去交易。他二人在亭阁中会面，然后便携了十根金条双双私奔，真是一条妙计！不过，他们并不知晓寇元良已经察觉了这一段私情，正在暗地里伺机报复。寇元良若不是头脑愚钝，定会猜出董迈与鋆娘所说的妥当之处就是董家旧宅。他假装相信了鋆娘的话，亲自下手毒死董迈，又雇了一个无赖去亭阁中杀死鋆娘、取回金条。你听罢以为如何？”

洪亮面带疑色，缓缓答道：“昨晚老爷说起寇先生可能作案时，我并没多加评议，只因那时只是议论各种可能。不过，如今分明已有一桩于他不利的案子了。不瞒老爷说，我实在看不出像寇先生这般性情平和、温文尔雅的士绅，竟会犯下如此卑劣的罪行。还有其他好几种可能值得考虑，就在刚才，还议论过卞大夫和他的——”

“即使一个性情平和之人，也会由于嫉妒而做出狂暴之举!”狄公插言道，“既有此种可能，你我就得去荒宅中再查看一下那座亭阁。我深信御珠并不存在，不过仍想在光天化日之下看一看案发之处。清早出门骑一程马，对你我也会大有益处！如果回城时仍不见夏光露面，我们就径去盛八的相好那里，看她能否指点一番该去何处寻人。早衙开堂之前，我定要先见过夏光。”

狄公站起身来，一眼看见小乌龟适才爬过的书册，又道：“对了，还有一事忘了告诉你！昨晚我睡得很不安稳，天亮前半个时辰左右便已醒来，于是拿起这本书读了半日，是我前几天从公廨书房里借来的，颇为有趣。”

狄公拿起书册，翻到插有书签的一页，接着说道：“此书收录了许多关于蒲阳的记载，编者是五十年前的一位县令，他对当地历史深感兴趣，于是自行付刻刊印。他曾亲自去过风茄林中破败的神庙，那时仍有一条路可以通往彼处。以下便是其人所述：

> 大震过后，外墙及山门损毁甚剧，然大殿与神像犹存。神女像高逾十尺，立于基座之上，由一整方白石雕成。像前有一四方祭坛，亦从此石刻出，二者浑然一体，洵乃鬼斧神工之作!”

狄公将书页凑到近前。“这里有一条朱笔眉批，是有人读过后写下的：

> 前任县宰所述有误。六载[1]过后，余亦造访此处，发觉祭坛实由另一巨石雕成。尝闻道士造一秘龛于坛中，内藏纯金祭器，自忖倘有如此珍物，理应移至稳妥之处，诸如礼部藏宝阁。又见神像基座与祭坛间涂有灰浆，命人将其除去，却未见坛内有曾被洞凿之迹。蒲阳县令段某。

“这段县令真是一个行事严谨之人。我接着再念下面的书中原文：

> 神像左手食指上佩一金指环，镶有红宝石一粒，硕大耀眼。里正曰此物乃恶魔眼，故无人敢于窃取。祭坛呈四方形，上方四角处各有一孔，用于套系绳索，捆缚献祭之人。每逢五月初五，依例掣签选出一名青壮男子，由庙中住持手持玉刀，断其血脉，将鲜血遍洒神像，众人欢呼雀跃，抬尸行至河畔，肃然投入水中。此习俗备极残忍，幸有朝廷英明，已于数年前下令废止。据传神像常年湿漉，余亲视

[1] 此处依荷文本，在英文本中为十载。

之，其表面光滑，果然触手潮润，实因露水凝结耶？抑或另有不可解之谜团，留待有识之士自去裁断。此处幽深诡谲，气氛怪诞，余颇觉震悚，少驻即去，临行时携断壁下一旧砖，以为留念。

“记述到此为止，听去好生离奇！”

狄公将书册放在案上，示意洪亮跟随，出门行至庭院，吩咐班头从马厩中牵两匹马来。

二人从南门出城，只见清凉的晨气弥漫在运河上，于是一路畅快驰至白石桥。

狄公与洪亮先找到村长，听他道是守宅的乡民一夜过得心惊肉跳，已在天亮时回村。一人非说听见风茄林中鬼语啾啾，另一人又说看见一个白影在林间飘忽不定，众人在亭阁前的小花园里挤成一团，僵坐了整整一夜。村长还禀报说在移去鋻娘的尸身之后，已将亭阁的大门封起。

狄公点头称许，二人继续策马前行，穿过集市朝树林而去，只见小商小贩们正忙于拾掇货摊。走到董宅入口处的古松前时，狄公甩镫下马，将缰绳系在虬劲的树干上，洪亮也依样而行。二人徒步前去。

白日之中，狄公发觉这一段路途并不太长，不一时便瞧见了久经风雨剥蚀的门楼，两旁的高墙上青藤密布。

狄公正要经过通向花园的拱形门廊时，忽然止住脚步，并抬手按住洪亮的手臂。只见一个男子正站在亭阁前，身材高大，肩宽背阔，穿一件黑长袍，头戴一顶黑纱帽，背对二人而立。亭阁的大门半开半掩，封条被撕下一半，在晨风中来回飘动。

“你是何人!”狄公大声喝道，“在此处作甚?”

那黑衣男子转过身来，默然不语，眯缝着两眼上下打量二人，一张圆脸膛平静沉着，留着短短的髭须和一圈修剪齐整的络腮胡，从容看过后，开口温文说道：“如此出言唐突，常会引得对方同样无礼。不过，看阁下态度威严，敝人也不想妄加评议。其实此问本该从我口中道出才对，因为正是你擅自闯入敝宅。”

狄公无意多费口舌，厉声说道：“我乃是蒲阳县令，前来此处查案。还不赶紧回话!”

那人躬身一揖，恭敬说道：“回老爷话，小民名叫匡敏，以贩售药材为业，从京师而来。四年前，我从董一贯先生手中买下了这座宅院。”

“此处出了几桩怪事，本县要你自证身份。”

那人又躬身一揖，从袖中抽出两张字纸呈给狄公。头一张是京畿道节度使签发的身份文书，第二张是董宅详图，四年前由蒲阳县衙签发给新宅主匡敏。

狄公将文书递回，说道："且罢。再说说你为何撕开那亭阁大门上的官府封条，须知这可是冒犯官府的举动！"

"小民从未动过！"匡敏愤愤说道，"小民到这里时，就已看见大门半开。"

"为何你会在如此不同寻常的时候前来？"

"此事说来话长，要是老爷允许的话——"

"本县不许，长话短说！"

"简短说来，便是以下情形。"匡敏镇定地答道，"四年前，小民收到主顾卞嘉卞大夫的来信，道是此宅正在贱价出售，提议我将其买下，因为旁边的林子里有一大片风茄。敝店一向搜求这样的地方，老爷想也知道，风茄根是一种重要的药材，于是我便买下了此宅。不过，那时敝店中风茄根颇不匮乏，因此过了两年，我才打算派人前来一看。那时卞大夫写信道是蒲阳遇上大旱，警告我说若是派人前来查看林子，恐怕会惹恼当地百姓，因为那林子似是河神娘娘的圣地，她——"

"本县知道，"狄公不耐烦地插言道，"接着往下说！"

"小民遵命就是。其后的两年里，我一直忙于他务，不得空闲，直到昨天早上，我坐着驳船行至白石桥边时，才想起曾在附近买过一片宅地，于是——"

"你为何要来白石桥？莫非只为游山玩水？"

“恰恰相反，”匡敏冷冷答道，“原是有一桩要紧事，与我在运河前方一家分号的生意有关。三天前，我包了一条驳船，与同行友人孙掌柜一道出发北上，日夜兼程赶路，不料昨晚靠岸后，船夫听说此地有盛大的龙舟赛，那些懒鬼非要留下过夜不可。我想既然免不了耽搁一阵，或可趁机办些事务，就送信给卞大夫，请他午时来白石桥，带我去董家旧宅四处看看。他答复说为了筹备龙舟赛忙得不可开交，晚些时候再来会我。他果然如约而至，上船与我喝过茶水，并约定今早天一亮就在此处碰面。我之所以选这个时候，只因打算尽快开船上路——自然等老爷离去后再说。正在等候卞大夫时，不想机缘巧合，老爷竟也驾临此处，令小民好不欢喜，昨晚一时迟疑，终究没能主动前去拜会。”

匡敏见狄公迷惑不解，仍旧面不改色地说道：“昨天晚上，卞大夫在白石桥村的一家酒肆里款待桨手，也带了小民同去，过后坐船顺流而下，直到龙船赛的终点处。卞大夫自去忙碌，小民在河边信步行走，一个路人指给我看老爷的官船，我大着胆子登上甲板，只因与蒲阳颇多生意往来，自忖理应拜会当地县令，以表敬意。当时下层甲板上并无一人可为小民通报，我便自行上去，看见老爷与几位夫人正凭栏赏景，如此家中欢会，总不好贸然闯入搅扰，于是又自行退下，在下层甲板上遇到老爷的管家，对他道是不便打扰，不过仍觉得理应提及此事，为了证明我并非缺少——”

“够了。多谢匡掌柜一番好意。”狄公盯着匡敏注视半晌，心知这便是管家说过的那个神秘访客，又问道，“你那同伴孙掌柜可曾与你同行？”

“没有，老爷。他觉得身上不适，早早就回舱房休息去了。我看罢龙船赛后，租了一匹马，一路骑回白石桥。船夫一个都没见回来，全是一起游手好闲之徒，于是我自行沏了一杯茶，喝过后便躺下歇息。”

“好吧，多谢匡掌柜。如今再说说你为何要命人修葺这亭阁？”

匡敏扬起两条稀淡的眉毛，出于礼数而面露惊诧之色，“修葺亭阁？老爷说的应是拆除吧！”

狄公疾步走上台阶，洪亮与匡敏跟在后面。狄公站在门口，凝神打量亭内。只见大片的灰皮从墙上剥落，露出下面的红砖，一部分屋顶已被拆下，地上的砖石被翻动过，就连竹榻的床腿也被割开。

“这里出了何事？”有人在背后惊叫道。

狄公回头一看，愠怒说道：“卞大夫，有人在此擅自妄为，我等只想查看损失如何。”

入荒宅隔墙见男尸

“卞大夫，敝人似是记得，”匡敏冷冷说道，“你曾在信中答应过会替我照看这宅院。”

“匡掌柜，就在一个月前，我还派了一人前来查看过，回去说是事事妥当。”卞嘉说话时面带怒色，“他对此宅了如指掌，正是以前的房主董老先生之子董迈。我全不明白这是怎么回事，想来——”

“本县这就回城去。”狄公说罢，示意洪亮跟来。

二人经过花园时，狄公低声说道：“今日一大早，就在乡民离开之后，杀人凶手曾经来过。他定是相信了御珠一说，专门跑来搜寻。我们且去看看他是否也去过正房那边。”说罢见有几只绿头蝇在面前飞旋，不禁恼怒地拍打几下。

二人匆匆看过大厅，发觉里面空空荡荡，并未被人动过。地上布满灰尘，狄公只瞧见自己踩出的足印。二人走回亭阁时，洪亮说道：“这亭阁已被四处搜过，凶手似是并未找到想找的东西。”

狄公点点头，又抬手拍打几只绿头蝇。“这些该死的小虫！洪亮，你看，昨晚就是在这墙头上，我看见了那只小乌龟。”说话间将两手搭在矮墙上，接着又道，“那时它正顺着墙头朝前爬去，身上有一团——”

忽然，狄公住口不语，倾身朝前俯瞰墙外。洪亮也凑上去同看，不禁惊叫一声。

只见墙脚下浅浅的沟渠中，一具男尸躺在草丛里，身穿蓝布衣裤，头上有一片血污，一大群绿头蝇正在四周嗡嗡飞旋。

狄公转身奔入亭内，卞嘉与匡敏正站在墙角处交谈。狄公走到二人面前，开口问道："匡掌柜，本县到来之前，你在此处停了多久？"

"小民比老爷只早来了片刻工夫。我还没顾上查看正房，先走到花园这边，想看看墙外的风茄林是何模样，因为——"

"你二人随我来！"狄公喝道。

匡敏朝墙外一看，立时退到一旁，张口呕吐起来，面色十分难看。

"那人正是夏光，老爷！"卞嘉叫道，"他左颊上有伤疤！"

狄公撩起衣袍，攀上墙去，跳到外面的地上，卞嘉与洪亮也跟着越过墙头。

狄公蹲在死者身旁，仔细端详血迹斑斑的头发，又看过沟渠中的野草，拣起一块砖头递给洪亮，说道："死者头上的伤口，正是被这砖从背后砸中的。砖头的这一面沾有血迹。"说罢站起身来，又道："帮我查看一下灌木丛，那里不定还有线索。"

洪亮在一棵树下找到一只表面带有疤痕的长方木箱，不禁叫道："老爷，这看去像是木匠用的工具箱！"说罢送到近前。狄公示意一下，洪亮解开皮带，只见箱内装着两根锯条、一把锤头和几只凿子。

"将此物也带回去。"狄公命罢，又对卞嘉说道，"帮我脱下他的外褂！"

二人合力脱去死者的衣物，露出筋肉结实的上身，只见左前臂处紧紧裹着一片破布。卞嘉解开布片，查看过深深的刀口，说道："回老爷，这伤口划出并没多久。看来是用一柄细长锋利的匕首。尸体尚有余温，定是死了不过两刻钟左右！"

狄公未发一语，摸摸死者的两条衣袖，皆是空空如也，再探其腰间，丝绦下亦是不见一物，甚至连一条手巾也无，于是断然说道："这里该看的都已看过，其余的留给仵作去查验。"

十

三人翻过墙头，转回园中。匡敏急急追问，狄公命他住口，对洪亮说道：“你骑马去集市，叫村长带上十来个民团乡兵过来。”

狄公在花园中踱步，不时恼怒地甩甩衣袖。卞嘉拽着匡敏走到一旁，低声交谈起来。

洪亮很快转回，带来形容狼狈的村长，还有一群年轻后生，人人手持长竹竿，看去惊恐不安。

狄公命村长将尸首放在担架上，然后抬去县衙，再派几人在此看守宅院，直到衙役前来接手，见众人一脸怏怏不乐，不禁斥道：“当此光天化日之际，没甚好怕的！”又对卞嘉和匡敏说道：“我们一道转回村中，你二人可向这些乡民借两匹马。”

一行人驰回白石桥村，狄公命匡敏带路上船。

此船相当硕大，占去了桥边码头上的几乎所有空地。四名船夫正在展开竹制帆席，个个看去形容疲惫。狄公命匡敏等三人候在堤岸边，独自走过权作跳板的狭窄木条，站在前面甲板上，大声唤那船主出来。等了大半日，只见一颗蓬头从活动板门处探出。船主走上甲板，提一提裤腰，两眼通红，似是睡意蒙眬，显见得昨晚与一众手下游乐至深夜方歇。

“带路去孙掌柜处！”狄公命道。

船主蹒跚走上船尾，那边有套间舱房，敲叩了半日房门，方才看见窗户打开。一个瘦削男子伸出头来，脖颈细长，面上蓄有短须，头上紧裹着一片白布，恼怒说道：“你就非得弄出这般响动不可？我这会子头疼得要命，不想受此聒噪！”

“我乃是蒲阳县令。你就站在原地即可，无须走动！只想问孙掌柜昨晚是如何过的。”

“回老爷，就躺在床上，连晚饭都没吃一口哩。这头痛会定期发作，真是恼人得要命。”孙掌柜将两肘支在窗台上，接着又道，“事先倒也并非全无预感，先是觉得浑身发烧，没一点胃口，紧接着便会略感恶心，嘴里还直泛酸，然后——”

“真是苦不堪言。匡掌柜可曾来看望过你？”

“来过。晚饭之前，他走来对我说要下船去看龙舟赛，还有一个朋友同行。至于他几时回来的，我并没听见，不过他就住在旁边的舱房内，老爷去了定会看见，就在我这一间旁边。莫非出了什么事故?”

“本县前来寻找证人，只因有个男子被人害了性命。”

孙掌柜朝那形容邋遢的船主狠狠瞥了一眼，叹息说道:“死的显然并非我们船上这位，真是可惜煞人！我还从没坐过如此不像样的船哩!”

船主愤愤咕哝几句，狄公转头喝道:“你驾着此船顺流而下，泊在蒲阳城西门附近的码头边，等候官府命令!”又对孙掌柜说道:“恐怕你也得在此地逗留一二日，或可趁此机会去看看大夫，还望早日康复。”

孙掌柜开口埋怨说急于赶路，狄公已转身下船而去。

“匡掌柜是个要紧证人，须得在此地滞留几日。”狄公对匡敏说道，“本县已吩咐船主将驳船行至码头。你既可住在船上，也可找个客栈歇宿，不过必须立时将住处上报官府，以便本县传召。”匡敏皱起眉头，开口欲言，狄公却转而对卞嘉说道:“卞大夫，本县也得召你前来，近日不得离开蒲阳城。再会了。”

狄公跃上坐骑，与洪亮疾驰而去。二人沿着官道前行，日头已升起老高，骄阳似火，热气逼人。

“我们应该戴上斗笠才是!”狄公低声说道。

“天还会更热哩，老爷！不见吹一丝风，小片的乌云正在那边聚集，让我很不安心，今日晚些时候怕是会有一场暴雨。”

狄公未发一语，二人默默前行。待到远远望见南门时，狄公忽然说道：“这已是两天之内出的第三起人命案了！夏光又是唯一一个可能揭开些许真相之人！”语气稍稍和缓，又道：“洪亮，老实对你说，我心中甚为忧虑，一个极其残忍无情的凶犯正在蒲阳城中肆意妄为。”

守卫城门的什长远远看见二人过来，赶紧在值房门口端然正立。从窗口传出一阵哗哗的响声，却是两名兵士正在高桌上整理竹牌。狄公勒住坐骑，从马背上隔窗俯身打量，半晌后坐直起来，若有所思地来回摇晃着马鞭，心中隐约生出一个念头，那些哗哗作响的竹牌，令他想起了某些似已遗忘的旧事，不过仍是看不出其中关联何在，不禁大皱眉头。

什长惊讶地望着狄公，尴尬说道：“老爷，这真是……一个大热天。”

狄公仍在沉思，似是听而不闻，忽然咧嘴一笑，转头对洪亮大声说道：“老天，定是如此了！”又对那什长朗声说道：“让你那两名手下将所有竹牌按数目整好，一旦发现有两枚数目相同的，就火速送到县衙去！”说罢驱马前行。

洪亮正想询问那些竹牌有何不对头，狄公却迅速说道："我一人去见盛八的相好。你去寇宅，从仆佣口中打问一下寇元良今早是否出过门，吓唬也好，贿赂也罢，只要能探听出实情就行！"

"老爷，早衙升堂一事可怎么办？"洪亮忧心说道，"墅娘被杀的消息已然传遍全城，过不多久，百姓们就会听说夏光的死讯。若是官府不发出若干通告的话，众人又该生出许多口舌，种种荒诞不经的谣言也会在茶坊中散播开来！"

狄公将帽子朝后一推，露出汗湿的前额："洪亮，你说得不错！且去宣布今日早衙休堂，不过午衙会照常开启。及到彼时，我会告知众百姓发生了何事，再不痛不痒地说上几句官府正在着手查案云云。你我换一换帽子，我丝毫不知那梁小姐是何等人物，因此最好匿名前去。"

狄公戴上洪亮的小帽，二人分道扬镳。狄公直朝关帝庙驰去，心想自己头戴便帽，更兼风尘仆仆、汗水涔涔，但愿不会被人识破身份。

十一

狄公向一个街中顽童打问梁小姐住在何处。那小童并未多瞧狄公一眼，抬起脏污的小手，默默指向街角处一座硕大的木制营房。

狄公甩镫下马，将缰绳系在外墙的铁环上，却见门旁悬着一块朱漆招牌，刻有四个龙飞凤舞的草体黑字“武德道场”，上头还有一方大印，表明是当朝太子的手笔。狄公看罢，疑惑地摇一摇头，径直走入。

厅堂内阔大幽暗，颇为凉爽，地中央铺着一张厚苇席，六条赤膊大汉在捉对厮斗，稍远处有两个衣着邋遢的泼皮正手持竹竿、操练剑术，另有六人坐在墙边的木头条凳上，专心从旁观望，并未留意有生客入内。

一个泼皮被对方刺中手指，于是抛下竹竿，破口大骂起来。

“莫师父，还请说话留神些!”有人在厅堂后方厉声说道。

那泼皮回头一看，面露惊惧，驯顺地说道:“是，是，梁小姐！实在对不住！”说罢吹一吹酸痛的手指，从地上拣起竹竿，重又操练起来。

狄公绕过正在角抵的几人，直朝柜台走去，一眼看见一个妇人斜躺在座椅中，不禁愕然止步。只见她身形异常庞大，直如一座肉山一般，浑身武师打扮，套着褐色短袖外褂与阔腿裤，上身如水桶一般粗壮，丰胸下紧紧扎着大红丝绦，腰腹处另系一条，一张圆脸庞神情漠然，抬头对狄公哑声说道：“你这生人，来此有何贵干？”

狄公强自镇定一下，粗声粗气地答道：“在下姓任，乃是一名拳师，从京城而来，非得在此地逗留一半个月不可。盛八他老人家指点我前来此处，说是能收几名徒弟，好挣一口饭吃，你看如何？”

梁紫兰并未立时答复，抬起结实的右臂，拍拍挽在颈后的一个小小发髻，紧盯着狄公打量半晌，忽然说道：“让我试试你手上的力气！”说罢伸出大手，握成一个厚硬的铁拳，将狄公的一只手整个包住。

狄公本是身强力壮之人，此时却禁不住想要朝后退却，不得不使出全身力气来抵挡这股强力。

梁紫兰忽然放开手，“好，你果然是个拳师，想不到如今拳师中竟也有美髯公了。”说罢起身离座，动作极为轻捷，一径走到柜台前，从石坛里倒出两碗水酒，随口说道，“你我既是同行，且来干上一碗！”

狄公见她身量与自己一般高大，头颅似是直接生在宽阔浑圆的双肩之上，举起碗来喝了一口，发觉味道竟是上佳，又好奇地说道：“敢问小姐是从哪里学来的这身功夫？”

“漠北塞外。几年前，我领着一群会角抵的室韦女子去京城献艺，后来又被三皇子接进宫去。整个后宫的男男女女都来看我们表演赤身角抵，虽然说是赤身，实则在胸前系着一块锦缎肚兜！我们都是识大体有分寸的女子。”梁紫兰一口喝干酒水，冲地上啐了一口，接着又道，“谁知就在去年，礼部尚书给圣上奏了一本，说是我们表演的角抵不成体统。不成体统个鬼！你知道是谁在背后指使？正是宫里的那些妃嫔！她们心怀妒恨，忍受不了让男人看见货真价实的女人是什么样，哪怕一次也不成！那些皮包骨头的细麻秆！要是老天爷没赏给她们一个鼻子的话，你根本分不清哪是前胸、哪是后背。结果圣上下令，命三皇子打发我们出宫。”

“同来的其他女子去了哪里？”

“她们全都北上回乡，唯独我留了下来。我很喜欢中原。三皇子在临走时送给我一根金条，还说：‘紫兰，等你成婚的时候，千万记着告知与我！我要给那新郎送一只纯银脚梯，好让他踩上去够得着你！’三皇子就是这么爱说笑话！”梁紫兰说着摇头一粲，似是在悠然回想。

狄公心知这妇人并非自吹自擂。即使是朝廷重臣，见了皇子也得屈膝下跪，然而这些高高在上的王孙贵胄们，却乐意与召来的江湖艺人平起平坐。

“我一向只对武艺起兴，于是就开了这家武馆。”梁紫兰接着说道，“我只收来客的酒账，教授武艺并不收钱。他们有些人还真是说话算数。”

“我听说有二人格外出色，皆是客居在此的书生，一个叫董迈，一个叫夏光。”

“你真是来得不巧，朋友！董迈已经一命呜呼，总算是拔去了一颗眼中钉。”

“此话怎讲？我听说董迈拳术甚佳，也很招人喜爱。”

“要论拳术，他的身手倒还不坏。至于招人喜爱么……”梁紫兰说到此处，转身叫道，“蔷薇！”

只见后墙上的门帘一动，走出一个身材纤细的少女，看去十六七岁年纪，手拿一块抹布，正在擦拭碗碟。

“把那碟子放下，转过去面朝墙站着，露出你的脊背来！”梁紫兰喝道。

蔷薇顺从地依命而行，解开上身衣襟，将双臂从袖中抽出，赫然露出瘦骨嶙峋的后背，上面布满了一道道白色疤痕，又要松开腰间的丝绦时，梁紫兰大声叫道："这就行了！穿上衣服，接着洗碗去吧。"

"那是董迈干下的好事?"狄公问道。

"不是。董迈以前常来这里，最近一个月却再没见过人影。那傻丫头竟喜欢上了董迈，有天晚上，二人一道出去。董迈带着她走到城北的一处地方。黑暗之中，蔷薇只看见一座很大的宅院，后来又被领进一间黑漆漆的屋子，也看不清谁在里面，还没等明白过来，就被人扯下衣服，脸朝下按在榻上，吃了一顿鞭子，你方才也已瞧见。过后董迈进来替她松绑，又一路带回这里，塞给她一锭银两，叫她不要声张出去，随即便溜走了。直到几天前，我走进蔷薇房内，正遇见她在洗澡，看见背后有伤疤，这才听她道出此事。我原本打算给董迈那小子也来这么一回，自然下手会更狠些，可惜他却突然丧命。那总爱与人勾搭的小妞儿也算是得了一场好教训。"

"莫非那姑娘被人糟蹋了?"

"没有，她仍是处子之身——眼下还是，不然我定会上报官府。我很知道该如何行事。不过那丫头自己乐意前去，且又收过银子，我又能如何?"

"莫非董迈常替一些下流嫖客拉皮条?"

"看来正是如此，不过只为一个人效劳。他还四处搜寻古董，我看也是为了此人。不久之前，董迈与那人闹翻了，这小子野心勃勃，可能是狮子大张口漫天要价。后来他那蠢货好友夏光接手了这桩生意。”

“小姐是说夏光？何出此言？”

“夏光可不如董迈聪明伶俐，差得老远。昨日一早，他来此处喝了几盅，这倒没甚希奇，不过希奇的是竟将以前欠的酒账统统偿清。我就问他：‘莫非你撞上摇钱树了？’他说道：‘还没有，不过今晚我就能得一大笔钱，我已答应过某人，保证会把小鸡关进笼子里。’我说：‘最好留神些，免得自己掉进笼子里去！’他咧嘴笑道：‘不必担心！那地方十分冷清，没人会听见小鸡咯咯叫！董迈说过那厮一向出手大方！’我拍拍他的肩膀，客客气气地说道：‘姓夏的小子，你给我出去，老娘再也不想看见你这张难看的刀疤脸！’他摇摇晃晃穿过厅堂，撞在那边的门柱上，等清醒过来，从地上踉跄爬起，站在门边对着我破口大骂，然后我就这样一刀扔过去，将他的衣袖钉在门柱上。”

梁紫兰口中说着，掌中忽然亮出一把细长的匕首，扬手一掷，匕首飞过厅堂，只听一声闷响，正扎在门柱上。大厅内立时一片寂静，两名练剑的大汉走上前去，颇费了些力气，才将兀自晃动的飞刀拔下送回，对着梁紫兰恭敬一揖，递到面前。梁紫兰得意地笑道：“我要是心里不踏实，就想抓个东西扔出去!”

“小姐若是不小心行事，不定哪天也会惹上麻烦!”狄公警告道。

“我？我谁都不怕！即使官府也不在话下。当年出宫时，三皇子给了我一纸文书，上面盖的大印，与你的脑袋一般大小哩。文书里道是我仍算宫内之人，有事只归宫内的衙门裁断。且罢，你盘问了这半日，总算也听到不少关于董迈夏光的消息。不知还有何事可以效劳，县令老爷？”梁紫兰见狄公大吃一惊，又嘲笑道，“老娘曾在宫里待过不少年头，天天和朝廷大员们擦肩行走，你以为你能骗得过我去？只要看上一眼，我就知道他是何人！不然才不会与你絮叨这许多哩！记住我的话，董迈生前不是什么好鸟，夏光也是一样。”

“小姐应说夏光生前也是一样。今日一早，他也被人杀死了，凶手很可能就是曾经雇用他的那个恶棍。你可知道他是何人？”

“不知道，老爷。我问过蔷薇，可惜那丫头一点也不晓得。当时她被人脸面朝下捆在长榻上，而且那恶人从没开口说过一个字，只是哈哈大笑。我要知道那人是谁，早就动手收拾了他，老爷只需派衙役来料理下剩的事便可。我顶厌恶那一类货色。”

“且罢，多谢梁小姐告知这些内情。还有一事，盛八让我在小姐面前替他美言几句。”

梁紫兰忽然面上一喜，羞涩地说道：“他真是这么说的？”又皱一皱眉头，厉声问道：“莫非他想遣个媒人来上门正式说亲不成？”

“倒也不是。他只让我——”

“替他美言几句？这死心眼的混账东西！这些日子里，他已派过各色人物到我这里来替他美言几句了！且罢，我不说答应，也不说不答应，且看他运气如何。这厮倒是条正直的好汉，不过我也有自己的信条。”

“麻烦的是他似乎也有自己的信条。不过，我可以告诉小姐，盛八不但有固定进项，为人也甚是干练可靠——虽说这行当颇为与众不同。”狄公放下酒碗，心想自己答应洪亮的事已算兑现，“多谢小姐，本县这就告辞了。”

梁紫兰送狄公出门，走到半路中，见一个矮胖子正靠墙坐在板凳上，便开口说道：“柯师父，我们再练一回勒颈的招式。”

那人闻听此言，一张黝黑的脸面立时转为煞白，不过仍是依命站起。

街中十分酷热，直如火炉一般。狄公迅速登鞍上马，对站在门首的梁紫兰点一点头，扬鞭而去。

狄县令道别梁紫兰

十二

狄公策马朝西，梁紫兰口中所言，使得他对这几起命案有了全新的想法。在回衙之前，狄公决意再去向另外一人打听一番。

孔庙对面有一幢粉刷齐整的二层房舍，狄公行至门前，只见一楼的窗户上安有铁栅，二楼窗台上竖着长长一排铁蒺藜，以防贼人攀爬上去。门口挂着一面简朴的小招牌，上书“古宝阁”三字。狄公甩镫下马，将缰绳系在一根石柱上，使得坐骑可以停在凉篷底下。

一个年轻伙计上前相迎，笑道：“老爷，杨掌柜刚从外面回来！他骑马去了一座田庄，有人从那里掘出一块古碑来，如今他正在楼上的书房里。”说罢引着狄公朝店铺后方的楼梯走去。只见左右两旁各立着一排橱柜，里面满满陈列着大小古董。

楼上的房间阔大凉爽，房内特意摆了两只装满冰块的铜盆，专为祛暑之用。两扇高窗上安有纸屏，透进室外的阳光，窗户之间的墙面上挂着褪色的卷轴，侧面靠墙立着一只书架，上面堆满了边角卷折的书册。

杨掌柜身形魁梧，此时正坐在一张光亮的乌木桌案旁，背靠座椅，手捧一只大红长颈瓷瓶细细端详，听伙计禀报说县令老爷驾临，将花瓶轻轻放在桌上，旋即起身离座，恭敬一揖，挪过另一把扶手椅来，开口时语声低沉，“老爷一定是想看看小民昨晚说过的那幅好画了！实在值得赏鉴！不过，小民还是先给老爷沏一杯茶吧！”

狄公在椅中坐定，接过杨掌柜递上的丝绸团扇，开口说道:“多谢杨掌柜的香茶，不过那古画还是等以后再看不迟。本县前来造访，是为了私下打探一些消息。”

杨掌柜示意伙计退下，自行斟满茶水，朝椅背上一靠，目光锐利地望着狄公，静待下文。

“本县须得应对至少三桩人命案。杨掌柜已得知董迈与鋻娘意外身亡，今早可能又听说了夏光也已遭人谋害。”

“夏光？不不，小民尚未听说，只是刚刚进门而已。我想起这名字了！有人对我说过夏光售卖古董，还与三教九流来往，警告我不要与他打交道。如此说来，想是被哪个狐朋狗友拿刀捅死了？”

“夏光之死必与前两桩命案有所关联。本县不妨对你明言，眼下层层遇阻，似是无可措手。若是杨掌柜能告知与这几名死者相识之人的消息，便是帮了我一个大忙，至

古董铺饮茶闻旧事

少也可大致了解这几桩惨案的背景。”狄公说到此处，举杯呷了一口茶水，接着笑道，“本县对杨掌柜一向颇为看重，不仅因为深谙古物，还因为你对同行知之甚详，故此专程前来相询。”

杨掌柜拱手一揖，“老爷谬奖了！小民须得先声明一句，除去生意上的主顾之外，小民与他人并无多少来往，也很少听到当地的种种传闻。贱内亡故已有六年，二子也南下各自经商，如今小民只以做生意和研究古物为念，日子过得直如出家人一般！小民家事无多，全是自己亲手料理，唯恐侍女们笨手笨脚，打碎了我的宝贝花瓶哩！伙计只在白天来店里帮忙，到了晚间，就只剩我一人，着实清静无扰。老爷明鉴，这正是小民一直想过的日子，不过如此一来，难免会与周遭的世事多有隔膜！”

“本县想知道的人，皆是杨掌柜的主顾。比如那卞大夫如何？”

杨掌柜喝完杯中的茶水，抱臂答道：“卞大夫收集过不少玉石，其中自有缘故。古玉据说可以入药，因此引得许多医师和药师颇感兴趣。卞大夫的藏品虽不甚多，却十分精良。他对此悉心深研，却毫不在意售价几何。在这一点上，他与他那同行匡敏完全不同。匡掌柜时常购买非常值钱的玉石，不过只是为了囤积居奇，一旦遇有良机，必会抛售出去，此人经商一向十分精明！寇元良寇先生偶尔也从他那里买入一些东西，我却从来不买，只因他的售价极高。”

“本县已见过匡掌柜了，似乎家住京城。”狄公说道。

“正是。不过他经常四处走动，至少每隔两个月便要来一趟蒲阳，不过却是秘而不宣的！”

“这是为何？”

“因为匡掌柜也为卞大夫的同行对头提供药材。”杨掌柜狡黠地笑道，“匡掌柜要我为他的蒲阳之行守口如瓶，还有一个原因，据他自己说是几年前曾在风茄林边用极低的价钱买了一大片地——正是卞大夫居中促成。匡掌柜设法说服了卞大夫，让他相信自己买这片地只是为了有利可图，实则却悄悄派人去林子边上采药。若是让卞大夫知晓此事，必会开口索要一笔佣金。正如小民适才所言，匡掌柜是个十分精明的商贾！”

“原来如此。”狄公说罢，心想匡敏虽未说谎，却引得自己相信他来蒲阳另有目的，既然这温文有礼的掌柜也收集古董，不定曾雇用过董迈或是夏光代为搜寻器物——或许还有其他目的，不禁问道，“匡掌柜来蒲阳时，你可知道他经常住在哪里？”

“回老爷，他要不是睡在船上，就是去八仙居租一间客房。那家客栈很小，价钱也很便宜。”杨掌柜说罢，不以为然地一笑。

“本县知道那地方。匡掌柜定是个极其节俭之人!”

“老爷明鉴，对他而言，银钱比什么都要紧。他从不在意古董，只是用来顺便赚钱而已。寇先生则是个不折不扣的藏家！只要能收入奇货，从不在意花费多少！何况他家资甚富，着实幸运得很!”杨掌柜若有所思地揩揩面颊，略显胆怯地接着叙道，“至于小民，多少居于这二人之间。我虽做买卖古董的生意，不过一旦遇上心爱之物，也会藏为己有，旁人出多少银子也不肯出让，并且愈是上了年纪，此病就愈发深重。小民以前很爱去寇家，细细鉴赏他那些精美的藏品，每隔六七天至少要去一回！不过最近四五年中，只有他出言相邀时，我才会前去，即使去了，我也从不走出待客的花厅一步，不愿再去赏看他那些古董，只是出于纯然的妒意!”说到此处惨然一笑，摇一摇头，忽又问道，“至于卞大夫的龙船司鼓被害，就是董迈那后生，不知老爷可否发现了什么线索?”

“尚且没有。本县方才说过，这案子着实令人迷惑。再说回寇元良，本县以前时常听说他的藏品极精。此人不但鉴赏古董十分在行，择妻也是独具慧眼。他的正室夫人虽说患病已久，仍然十分标致——昨晚本县碰巧遇见了她。至于他的侧室鋈娘，亦是一位容貌出众的美人。”

杨掌柜在座中颇不自在地挪动一下，过了半晌，似是自言自语地说道：“寇元良的眼光甚佳，从无闪失。想当年，我记得鋈娘小姐还是董宅里的一个奴婢，年齿尚幼，举止笨拙。寇元良买下她后，教她如何穿衣，如何梳妆打扮，如何选用香露，还亲自为她挑选耳环项链等饰物。一年过后，她便出落成了一个绝代佳人，然而天意如此，寇元良注定不配坐拥双美，如今寇夫人久病不愈，鋈娘又玉殒香消。”说罢直直凝望前方，手捋短须，若有所思。

“古人云：‘夫有尤物，足以移人，苟非德义，则必有祸。’此话并非全无道理。”狄公说道。

杨掌柜似是听而不闻，忽而定定注视着狄公，厉声说道：“老爷，寇元良确实不配享有这等艳福！既然你我是私下密谈，小民不妨告诉老爷，他这人的性情有些古怪之处。且听小民讲一件事。有一回，他给我看一只波斯碗，是他最为珍贵的番邦藏品之一，真可谓是无价之宝。我捧在手中，转着圈儿细细端详，指给他看碗底处一丁点变色的地方，微微笑道：‘正是这小小的瑕疵，给了这宝物画龙点睛的一笔！’寇元良从我手里拿过碗去，看看那一处疵点，随即抛在地上摔得粉碎。真是罪过啊，老爷！”

“匡掌柜必不会做出这等事来！”狄公淡淡说道，“卞大夫想也不会。还有一事，本县隐约听说卞大夫虽然外相端严，实则喜好女色——自然是私下里悄悄行事。”

“小民从未听说过他常去光顾行院妓馆。即使果真如此，也没人会责怪他，只因人人皆知卞太太十分泼悍，自己并未生子，却不许卞大夫娶二房或是纳妾。”杨掌柜摇一摇头，接着说道，“老爷明鉴，卞大夫忠诚可靠，人品甚佳，家中虽不安宁，却一向勉力应对。”

“本县还听说卞大夫在银钱上似乎吃紧。”

杨掌柜迅速瞥了狄公一眼：“银钱吃紧？但愿不至于此！他还欠着我一大笔钱哩。不不，我不相信这话，他在生意上很是精明，且又医术高超，蒲阳城里所有的名门望族都找他看病，寇夫人也由他定期前去诊疗。”❶

---

❶ 此处依荷文本，在英文本中，以下还有四段：

狄公点点头，喝完杯中的茶水，将脆薄的蛋壳瓷茶杯小心翼翼放回桌上，缓捋长髯默然半晌，终于说道：“既然本县前来造访，不妨再请教一事。杨掌柜必是听过一百年前御珠被盗的传说。对于这桩昔年旧事，不知有何高见？”

“回老爷，既然当年已四处彻查过，据小民想来，应是皇后娘娘自行藏起了那颗御珠，正好借此机会，将几个与自己争宠的妃嫔折磨致死！遂愿之后，便将那珠子扔进一口深井或是其他地方去了。后宫的高墙之内，不知出过多少惨剧！再者说来，为何有人会偷窃一件根本无法出售的东西呢？”

“假设那御珠果真被人偷去，莫非绝无办法换成银钱？”

“回老爷，在我大唐境内，根本无法可想。不过，那贼人若是与住在广州的大食或波斯商贾们有来往的话，或许可以卖给他们——自然只能折价出售——然后再转卖至遥远的番国异邦。要是不想招来大祸，此乃唯一可行的脱手之法。”

“明白了。本县非得告辞不可，须得回去预备午衙开堂。再问一句，杨掌柜可曾去过风茄林中那废弃的神庙？”

杨掌柜面色一沉：“回老爷，可惜没有！那片林子十分浓密，没有小路可以通进去，当地百姓也不愿有人闯入。饶是如此，小民这里仍有一篇详述。”说罢起身离座，从架上取下一本书册递给狄公，“此书是由老爷的一位前任私家刊印的。”

狄公翻阅了一下，交还给杨掌柜，说道：“在县衙公廨中，亦藏有同样的一本，着实有些趣味。书中对那河神娘娘的石像描述得很是精妙。”

“小民要是能亲眼见一次就好了！”杨掌柜感叹道，“据说可上溯到汉代，神像连同底座都是由一整块石头雕出。立在前面的四方形祭坛也是用汉白玉雕成，人们就在那上面杀死献祭给河神娘娘的年轻后生，实是难得的古物！不知老爷可否上书朝廷礼部，恳请清除那片树林，再恢复神庙的旧制？若是礼部下令说河神娘娘因为神庙荒废而动了怒气，当地百姓必不会反对此事，那神庙便可成为蒲阳的一大胜地了！”

“此议甚佳，本县定会记在心里。我也不愿治下有一块神秘莫测的封禁之地，天知道在里面会发生何事！”狄公说罢，站起身来，“多谢杨掌柜一番相助！”

杨掌柜一路恭送狄公下楼，说道：“过不多久，小民自会去县衙大堂。与受害者相关之人，皆是敝店的主顾，因此我必会前去看审！”

十三

狄公返回县衙，径入内宅，只觉又热又累，先迅速洗浴了一番，换上一件干净的白布夏袍，戴上一顶薄纱帽，然后走到二堂，洪亮已在里面等候。

狄公从墙上取下一把长长的鹤毛羽扇，坐在书案后方，用力摇晃起来。从内宅到衙院虽然只有一小段路，却已走得汗流浃背。狄公对洪亮朗声问道："可有什么新消息?"

"回老爷，我这边运气不错，在寇宅附近的一个菜铺里，遇到了他家一名年轻女佣，话多饶舌，因此没费多少力气就从她口中打听出了消息。今日一大早，寇先生确实骑马外出过。"

"他可是经常早起骑马外出?"狄公连忙问道。

"回老爷，从来没有！那侍女道是家中仆人都认定二夫人不幸身亡后，寇先生出门是为了散散心，还说寇先生与二夫人虽然年岁差了不少，彼此却十分恩爱。二夫人常常帮助寇先生照料寇夫人，家中一向很是和睦。"

洪亮静待片刻，狄公却默默不语，忽然直坐起来，指着案上两枚小小的长方竹牌，问道："这是几时送来的？"

"回老爷，就在刚才，由南门什长亲自送来。"

狄公仔细端详，只见这两枚竹牌一般大小，上面都潦草写着"贰佰零柒"，不过其中一个字迹歪歪扭扭，显然出自粗通文墨之人，另一个却分明下笔娴熟。后一枚的中央还有一道细槽，几乎难以辨认，将整个牌面分为上下两个四方形。狄公濡湿了食指，抹去上面的字迹，将其纳入袖中，满意地笑道："这一块我留下了，另一块仍旧送归南门。我这就对你说说见到梁紫兰的情形。"

"老爷，她是何人？"洪亮急急问道，"莫非真是一个优雅纤弱的女子？"

"乍一见她，应是不会想到'纤弱'二字。"狄公咧嘴笑道，"她是从北方来的室韦女子，擅长角抵，看去令人望而生畏！"随即简述了一番二人言语，最后说道，"如今我们得知一个残忍无情的恶魔正在蒲阳城内恣意妄为。为了满足自己的邪念，先是雇用董迈为他诱骗女子，然后又是夏光。这三起命案，自然也是他一手做下的。"

"老爷，那就意味着我们可将头一个嫌疑排除在外了，即寇元良寇先生。我能想象得出他由于嫉妒而杀死二房夫人及其相好，不过分明不是以虐害女子为乐的大魔头!”

“洪亮，这话我可不能说定。在外人看来，甚至在自家仆人眼中，寇元良都是温文尔雅、喜好古物，也是一个用情很深的丈夫，但是很可能另有乖戾狞邪的一面。此类人物常常会将其堕落卑下的品性深深隐藏起来。为何牵涉到这些反常之徒的案子总是极难破解，原因便在于此。唯一了解其真面目的人，自然是他的两房妻妾。如果换一个全新的角度来看，当年寇夫人出门访友并忽然丧失记忆，听去也并非十分可信。莫非实情是她想从一向折磨自己的丈夫身边逃走？会不会正是因为这种残酷折磨而生出的绝望，使她变得神志不清呢？我且提醒你一句，鑒娘的尸身上也有伤痕，很可能指向同一件事。如果真是如此，须得说她与董迈结下私情，又打算一同私奔，确实也情有可原。”

狄公缓缓摇着扇子，半晌后又道：“我拜访过梁紫兰后，又去了杨掌柜的古董铺。因为梁紫兰说过案犯也收藏古董，我就想从杨掌柜处打听一些有关其主顾的消息。他对我描述了寇元良的性情，听去颇可思量。”随即对洪亮讲述了有关波斯碗的故事，接着又道：“只为一点小小的瑕疵，寇元良就毁掉了一件无价之宝，不难想象他要是得知另一件无价之宝也有了无法弥补的裂痕，即鑒娘与人私通时，将会有何等反应。”又皱眉思索片刻，“不过，这里有一处难以合榫！假设寇元良真是方才说的邪魔一类人物，又怎会买通夏光去行凶，而甘愿舍弃亲自动手杀人的乐趣呢?”说罢烦躁地摇一摇头。

“老爷，有一点确实指向寇先生，即他雇用董迈和夏光为自己搜求古董。”

“我从杨掌柜口中还听说，卞嘉与匡敏也收藏古物。”

只听前门的铜锣敲响，声震衙院内外，昭示午衙即将开堂。

狄公暗自叹一口气，起身离座。洪亮助老爷换上厚重的墨绿锦袍，又送上乌纱帽。狄公在镜前正冠，说道：“洪亮，我自会设法尽早退堂！午衙过后，我想让你立即去找盛八，看他是否探听出了有关龙舟赛下赌注的内情。你还可以顺便告诉他，我已在梁小姐面前替他美言过了。之后你再去八仙居，从掌柜那里打问有关匡敏的消息，诸如他每隔多久来一次蒲阳，每次逗留几日，接待过哪些访客，是否与歌伎娼女们有来往，如果有的话，那些女子是否曾对他口出怨言。此人貌似平淡无奇，我却想了解得越详细越好。”

洪亮面露惊异之色，不过此时已没工夫再开口发问，于是抬手掀起门帘。狄公走入大堂，登上高台，坐在高高的案桌后方。堂下人头攒动，嗡嗡的低语声悄然止息。洪亮照例站在狄公右侧，俯身低语道：“蒲阳百姓正急于听到关于人命案的详情哩，老爷！”

狄公点点头，环视堂下。只见班头与六名衙役分别站在各自的地方，面朝案桌，手持长鞭、棍棒、铁链等刑具，望之令人胆寒。案桌两旁各有一张低桌，两名书办分别坐在桌后，正提笔蘸墨，预备记录议程。寇元良与卞嘉并肩站在看众的最前列，匡敏与杨掌柜则立在后面一排。

狄公一拍惊堂木，宣布午衙开堂，点过花名册后，先简短述说本地出了两起人命案，即鐾娘与夏光被害，又道是既然两案发生在同一地点，想必有所关联，官府正在四处彻查云云。

狄公刚一收声，只见匡敏走上前来，躬身一揖，开口说道：“小民——”

“跪下！”班头扬起长鞭喝道。

匡敏愤愤地瞧了班头一眼，依命跪在案桌前的石板地上，接着叙道：“小民匡敏，以经商为业，特来上报官府，本人打算住在自家船上，此船暂时泊在西门外的码头边。”

“此语将被记录在案。”等匡敏从地上立起，狄公忽又说道，“匡掌柜，今早本县问你话时，你并非知无不言。”

匡敏直直望向狄公，肃然说道："老爷分明下令让小民简短回话。"

"即使是简短回话，亦可切中要害。本县如今已知该去何处寻你，你且退下。"

匡敏下堂走回原处后，狄公宣读了一项来自京城的新规章，与签发身份文书有关，随后又详加解说。天气十分闷热，狄公身穿厚重的锦袍，贴身衣衫已被汗水浸湿，正欲拍案退堂时，又见两个衣冠楚楚的男子走到案桌前跪下，分别报上姓名，却是两个小店主，由于一片田地的归属而起了纷争。这时堂下有人出门而去，杨掌柜也在其中。

狄公耐着性子听二人絮絮述说完毕，方才道是为了证明两造所言可否属实，须得查对鱼鳞图册，随即打发二人退下。又有一个年事已高的当铺掌柜走上堂来，状告两名无赖希图威胁恐吓。

老掌柜下去之后，另有几人上前。众乡民显然是特意等到端午节过后才纷纷前来官府讼告，故而费时颇久，不少看众已自行散去，卞嘉、寇元良和匡敏也在其中。眼看已临近午饭时候，狄公转头对洪亮低声说道："天知道还要多久才能退堂！你最好这便出去办事，就是我对你说过的那些，过后再去二堂回禀。"

县衙开堂提审匡敏

最后一桩官司了断后，大堂门口忽起骚动。狄公恼怒地抬头望去，立时坐直起来。只见一行人趋到近前，形容煞是古怪。

三个彪形大汉走在最前头，衣裤皆被扯破，显然挨过一顿拳脚。一人两手抱头，双肩满是血迹；另一人用左手托起右手，面色惨白，痛得呲牙咧嘴；第三个脚步踉跄，两手捧着小腹，若不是背后有人用伞尖不停刺戳，看去即刻便会瘫倒在地。手持阳伞的正是梁紫兰，穿一身褐色衣裤，打扮得十分利落，板着一张古铜色的圆脸，一路大步走来。另有一个年轻女子跟在后面，体态丰腴，身穿一件蓝裙，上面印有大朵的红蔷薇花样，颇显俗艳，左颊上有几处青紫瘀伤，左眼也无法睁开。

梁紫兰行至案桌前，冲那三名大汉喝令一声，三人赶紧跪倒在地。班头骂了一声娘，走到近前，不料梁紫兰将他一把推开，厉声说道："官家的规矩我样样都懂，这里没你的事！"又对那女子说道，"姑娘，你得跪下，这是规矩。你和我不一样，不是宫里的人。"随后抬头看着狄公，镇定说道："我原名阿勒坦·其其格·可敦，由朝廷赐姓梁，名紫兰，以操练角抵为业。这三人全是大运河军船上的逃卒，如今专门拦路劫财，从左至右，依次姓冯、王、廖。这边跪着的女子姓李，名叫牡丹，是挂牌的妓女——经过老爷许可的。”转头对主簿问道，“你可全都记下来了?”见老主簿愕然点头，又对狄公说道:“还请老爷许我状告方才说过的这三人。”

狄公默然注视着挥洒自如的梁紫兰，开口说道:“本县准你所请。”

“今日午间，我正坐在家中后院用饭，侍女蔷薇从旁伺候，忽然听见后街中有女子喊救命，就跳过墙头，看见三条大汉正强拖着一个姑娘朝前走去，正是跪在左边地上的这个。那姑娘又高声呼救，姓冯的冲她脸上猛击一拳，打得她左眼没法睁开，随即又抽出一把匕首。我见几个路人在街角处消失不见，便走到三人面前，客客气气地打问出了何事。他们先是不肯说，我又一力追问，这才道是前天收了夏光那个浪荡书生一锭银子，受命从妓院里把这牡丹姑娘拐出来，再送到旧道观背后第二条街上的第三所宅子里去，说是孟太太家。这伙人瞅准了正午时分下手，因为街上少有行人。他们先拿一块布蒙在牡丹的头上，经过我家后墙时，牡丹趁空扯下布来。既然这三人已承认强行拐人，我又晓得官府急于得知夏光的行踪，于是就立刻赶来县衙，不但请他们三犯同行，还带了这位李姑娘作证，全凭老爷裁断定夺。”梁紫兰说罢躬身一拜，叉开两脚，手拄阳伞立在原地。

适才梁紫兰刚一提及孟太太的住处，狄公立时示意班头过来，低声吩咐他即刻带领六名衙役悄悄前去，捉住宅内一干人等，再押回来关入大牢，此时开口说道："梁小姐遇有歹人逞凶，见义勇为，应对得当，本县十分嘉许。为了案录完备，如今且详细说说到底发生了何事。"

"老爷有令，敢不如命。方才说到我问这三人出了何事，姓王的那厮挥拳冲我头上打来，我捉住他的手臂，摔得他屁股着地，肩膀也脱了臼。不过我出手时还算小心，只为吓他一吓，并没摔断他的脊背，免得过后没法开口招供。姓冯的想要拿刀捅我，我从他手中夺下凶器，又扔将出去，把他的左耳钉在最近处的一根门柱上。这厮破了一只耳朵，仍是不肯老实，于是我不得已将他的右耳也钉在门柱上。他口中不干不净地乱骂一气，问他话也不肯好生回答，我只得在他身上戳了几下，待他答应如实招供时，我就立刻住手。要说的就是这些。"

狄公从座中半立起身，打量堂下三人，只见个个低声哀吟，右边那人抬头欲言，口中却只发出含混不清的咯咯声。

"第三个又是怎么回事？"狄公问道。

"他？我向冯某人问话时，拿脚踩在他的身上。皆因我正料理那姓冯的，这姓廖的趁我不防备，想要使阴招踢我的小腹，咳，这些家伙实在道行太浅！我往旁边一闪，虚晃一招，等他抬起头时，我用掌侧反手劈在他的咽喉处。他拔脚想要逃走，我便将他也仰面朝天放倒在地，就躺在姓王的旁边，然后一脚踩在这人的大腿根处，另一脚踩在那人的头上。我下脚时很是小心，并没十分用力，免得弄出致命伤来。”

“明白了。”狄公说罢，缓捋颊须半晌，倾身朝前，对姓冯的大汉说道，“你在何时何地见过夏光？从实招来！”

那人放开双手，鲜血从两耳的伤处汩汩流出，开口哭诉道：“就在前天，曾在集市的一家酒肆里遇见他！以前从没见过那厮。他给了我们一锭银子，说是事成之后还会再给。我们几个——”

“夏光可曾说过他受谁指使？”狄公插言问道。

那人疑惑地看了狄公一眼：“指使？并没什么人指使他，正是夏光出钱让我们办事的！当天晚上，我们本想把姑娘弄出来，奈何妓院里全是人，她也正忙着接客，因此没法下手。昨晚也是一样。今日一早，我们去了酒肆，想问夏光再要些银钱，只因此事着实难办，不料夏光并不在那里。我们打算午时再试一回，这次倒是很顺当，谁承想走到街中，竟撞上了这个……这个……”

“小娘子！”梁紫兰俯身凑到那人面前，厉声说道。

“让这母大虫离我远些!”那人惊恐地大声叫道,“她拿刀子扎穿我的耳朵后,知道她又干了什么?她……她……”说到此处难以自持,竟放声嚎哭起来。

狄公一拍惊堂木,命道:“本县问你,立即回话!你可认罪?”

那人捂住鲜血淋漓的两耳,喘息说道:“认罪!”

旁边姓王的随即颤声附和,姓廖的刚一点头,紧接着便脸面朝下、栽倒在地。

狄公对那代替班头立在一旁的年长衙役命道:“将三名人犯带去大牢,叫仵作来为他们疗伤,待痊愈之后,再上堂听候发落。”众衙役依令行事时,又对牡丹说道:“李姑娘,本县想听听你有何说法。”

牡丹用衣袖揩揩青紫的面颊,柔声说道:“奴家和三个姐妹正在院内吃午饭时,那三人进来打倒了看门人。院主问他们想要做甚,一人挥拳打在院主的脸上,说是今天想要借我一用,晚上便送回来,说罢上前揪住我,还拿一块布蒙住我的头脸,强行拽出门去,一路上不停拿脚踢我。我跟着他们在街中老实走了一段,挣脱出一只手来,扯下布条大喊救命,然后梁小姐就来了——”

“以前可曾有人企图劫持过你?”

“回老爷,从来没有。”

“在你的客人里，有谁可能做出这等事来？”

牡丹疑惑地看了狄公一眼，思忖半晌，摇头答道：“回老爷，奴家委实不知！我到院里只有一年光景。我爹是河流上游的一个船夫，欠下了一笔债务，若是不卖船，就得卖我。我的主顾全是住在附近的店主和伙计，个个都很和善，大家也彼此相熟。既然他们依照常规便可称心如意，又何必想要绑了我去呢？”

“明白了。”狄公说道，“除了在院中接待客人，你可曾出去到饭馆或酒肆中侍宴？”

“没有，老爷！奴家不会歌舞，因此从没被人雇去侍宴。有时院主也会派我出去，只为端菜送酒，或是帮着头牌姑娘更换衣裳。”

“你且说说这两月之内，都去过哪些地方陪侍。”

牡丹报出长长一串店名，狄公心想此举实属无益，这些酒宴都是人数甚众，寇元良、卞嘉与其他当地名流全都出席过不止一回，杨掌柜也在其中。牡丹还记起在当地一名药材商做东的一次小宴上，匡敏也曾受邀在座。

狄公问道：“有没有哪个客人对你格外注意过？”

“从来没有，老爷。我只是个丫鬟罢了！那些贵客只跟上等歌伎舞姬们攀谈，虽说也给我赏钱，有时还很不少哩。”

“你可听说过董迈和夏光这二人？”

牡丹摇一摇头。狄公命主簿念了一遍录下的供词，梁紫兰与牡丹承认一切属实，并在案录上按下指印。

狄公对二女温言几句，随后一拍惊堂木，宣布退堂。

梁紫兰将阳伞递给牡丹，说道：“姑娘，出门之后，你替我打着伞遮在头上。我一旦被日头晒到，就会颇觉不适。如我这般身份，出门时无论如何不该没人服侍。”说罢大步朝外走去，牡丹驯顺地跟在后面。

十四

衙院二堂内，主簿从旁助狄公脱下官服，换上一件爽净的家常灰布薄袍。狄公命他将午饭端到此处，再送一盆冷水和几条手巾来，班头一旦回衙，便立即前来复命。

狄公吩咐过后，在房内来回踱步，低头思忖着刚刚得知的新消息。夏光雇用三名歹徒劫持女子，显然是替那藏在暗中的恶魔效命。住在道观背后的孟太太是否知道恶魔是谁？想来简直幸运得难以置信！不过有时确实会发生如此情形，由于机缘巧合，一桩疑案便突然迎刃而解。这时有人叩门，狄公连忙抬头看去，暗自希望来人会是班头，结果却是衙吏送入午饭，盘内有一碗米饭、一碗热汤和一碟腌菜。

狄公坐在书案旁用饭，几乎食不知味，心中反复思量着三桩人命案。查案如今已到了转折处，因为凶手的动机终于暴露。自己起初以为凶手是出于贪婪，想要窃取御珠和金条；后来又改变了想法，认为是出于妒恨而用御珠的故事设下圈套；如今再度打消了以妒恨为主的设想，事实无疑表明其根本动机是一种虐害所有女子的反常欲望。当然其中亦有贪婪，这一点可由偷窃金条和操纵赌注为证，并且也有妒恨。但是这些原因都已退居其次，首要动机是变态的色欲。有人一旦被这冲动所控制，发觉其计谋不能得逞时，便很可能不计后果地诉诸暴力，这情形着实不妙。

嫌犯如今已减至三人，可能还有第四人，不过却是身份不明。想到此处，狄公长叹一声。假如凶手出于贪婪、妒恨、报复或其他寻常动机的话，则显然可以采取如下举措：设法彻查三名嫌犯的背景，包括其先辈、家人、财产等。但是，既然要对付一个恶魔，就不能拖延时日、徐徐勘察。此人随时可能再度行凶，因此必须立即动手。不过，应该采取怎样的举措，又该去对付何人呢？

狄公放下筷子，在座中沉思半晌，甚至不曾觉察室人的暑热。

一时衙吏进来，手端一只大铜盆，里面盛有散发出香味的凉水，水里浸泡着几条手巾。狄公正在揩拭脸面，只见班头走入，面色颓丧。狄公急忙问道："出了何事？"

"回老爷，我等倒是没费多少气力就找到了地方，原是一所大宅院里花匠的住处，已经荒废多年。宅院仍是一片破败，唯独位于后方的花匠住处被修葺一新，里面只住着孟老太太一人，每天早上有个粗使女佣前去做些活计。住在周围的人家疑心那宅子有些蹊跷，时常在深夜还看见有男女出入。不过，此宅在废墟之中，外人没法看到或听到里面出过何事，因此也根本没人知道孟老太究竟被谁所杀。”

“被人杀死？你这蠢材，为何不早说？到底怎么回事？”

“回老爷，孟老太被人勒死了。”班头郁郁答道，“就在我等入宅前不久，定是有人进去造访过，放在桌上的两杯茶水还是温的。孟老太躺在地上，旁边是翻倒的座椅，一条绸巾紧紧勒在她的脖颈处。小人赶紧上前松开，奈何为时已晚，已经一命呜呼。我等已将尸首抬回衙院，仵作正在查验。”

狄公紧咬双唇，这已是第四桩杀人案了！随即努力自持一下，沉着地说道：“好吧，你办得甚好，这便退下。”

班头走到门口，差点与洪亮撞个满怀。洪亮已从衙院守卫的口中听说了此事，正急于知道详情，连忙坐下问道：“老爷，此事又是何意？”

“意思就是我们要对付一个极其狡黠又果断的对手。洪亮，我先说说在你离开大堂之后，又发生了何事。”狄公详述了一番梁紫兰的见义勇为，又道，“凶手定是看见梁小姐引着三个无赖与一个女子前去县衙。他自然不认得那三人，因为劫夺女子之事全交给夏光去办，但是认出了牡丹，只因以前曾在宴席上见过这姑娘，于是暗暗记在心里，以备有朝一日加以虐害。他立即推断出梁小姐制服了几个劫人的无赖，而这三人将会招供出预备将姑娘带去孟宅。想到此处，他一不做二不休，立时奔到宅内，杀死了拉皮条的孟老太。”说罢恼怒地揪一揪长髯，长叹一声，“且罢，你可曾打问出了什么消息？”

“回老爷，并没多少。我与盛八长谈了大半日，他虽已尽力，但是仅仅打听出在幕后操纵赌注之人，或多或少与古董生意有关。”

“又是古董生意！老天，与此案相关的每一个人，居然都喜好古董！”

“至于匡敏匡先生，客店掌柜道是此人性情平和，从没惹过麻烦，也从不拖欠房金。我二人一道查看过登记簿册，发觉过去一年里，匡先生曾入住过八次，总是不期而至，并且每次逗留都不会超过两三天。他时常早饭后出门，直到晚间方归，从未在店内接待过访客。”

“他最末一次住店是在何时？”

“大约二十天以前。匡先生偶尔也会让掌柜替他找个姑娘来，总是嘱咐说只想找个平常的烟花女子，无须身价昂贵的名妓，也无须十分美貌，只要身上干净、健康无病、价钱公道就行。”洪亮撇一撇嘴，无可奈何地接着叙道，“我又去了附近的妓院，正是客店掌柜曾为匡先生找姑娘的地方。有几个女子曾陪他过夜，我与她们攀谈了一回，没能打听出多少消息。她们说比起大多数客人来，匡先生既不算好也不算坏，从无非分的要求，也从不多给赏钱，因此用不着格外讨好他。就是这些。”说罢略停片刻，又好奇地问道，“老爷为何想要打听有关匡先生的事情？我还以为……”

这时有人叩门，却是仵作走入，躬身施礼后，呈上一纸文书，开口说道：“启禀老爷，这是小人写下的尸格。死者姓孟，年纪大约五十上下，除了喉头处的伤痕之外，身上未见有其他暴力痕迹。据小人推想，凶手与死者一同喝茶，借故离开座椅，走到死者身后时，突然用绸巾勒住她的脖颈。由于下手过于凶猛，以至于绸巾深深陷入皮肉之中，几乎勒断了气管。”

“有劳你了。命人将尸首暂厝在一口薄棺内，再告知其亲属，让他们尽快前来抬走，如今天气酷热，无法存留许久。寇元良可曾将鋻娘的尸身运回去？已经运回了？如此甚好。还得告知夏光的家人，听说他的父母住在京城里。”狄公抬手抹了一把脸面，又问道，“那三名人犯如何?”

仵作撇一撇嘴:“两耳受伤的那人还断了几根肋骨，并有几处内伤。至于那个手臂脱臼的，我已为他正骨复位，由于他的头部受到撞击，还开了一剂镇静药。想来这二人过几天便可上堂回话。至于喉头受伤的那个，非得过上一半个月才能再度开口——如果可能的话!”

仵作退下后，狄公对洪亮说道:“看来这三个倒霉的家伙已然受过责罚！梁小姐不可小觑，居然叫什么紫兰，真是岂有此理！这天气怎么越来越热！洪亮，你去把窗户打开。”

洪亮探头出去，又迅速缩回，重又关上窗户:“回老爷，外头更加闷热哩！天上铅云低垂，没有一丝微风。怕是过不多久就会下一场暴雨。”

狄公从桌上的铜盆里取出一条湿手巾，先揩去面上的汗水，随即搭在颈后，又将铜盆推到洪亮面前，说道:“你也洗上一把。我在用午饭时，反复寻思过这三桩命案。后来发生第四桩命案，即孟老太被杀，并没改变我的推断。我这就对你说个大概。”

“在此之前，我很想先知道老爷为何对匡先生的行踪如此有兴。”

“我自然会说到匡敏。在我的某一设想中，他扮演了一个重要角色。不过，且让我们一一细说。迄今为止，这几起命案都指向一个残忍无情的恶魔。他究竟是何人，尚且没有直接的线索，并且此人很善于除掉所有可能指证他的人物，鑋娘，董迈，夏光，孟老太——这几人皆已丧命！因此既没证人也没线索！还有那一再出现的古董生意，御珠的离奇故事，背后还有圣林禁地中神秘莫测的白娘娘，组成一桩谜案的所有要素统统齐备！着实耐人寻味——我是说在酒足饭饱之后，悠闲地喝上一杯热茶，再与二三知己相与议论一番！不过糟糕的是我们必须勘破此案，而且还要尽快！若是再拖延下去，即使我们掌握了些许并非直接的证据，也会被躲在暗处的凶手悉数毁去。如果情势紧迫，他还会再度杀人！”

洪亮送上一杯茶水，狄公匆匆饮毕，又换了一条手巾搭在颈后，接着说道：“至于那不知名姓的恶魔，我心目中已有了三名嫌犯。每人都有机会，也都有迫切的动机。

“寇元良仍是主要嫌犯。我对他的怀疑，正如以前对你说过的那样。如今再来重头设想一遍，如果他真是凶手的话，曾经发生过何事。寇元良雇用董迈替自己搜求古董，同时还让他替自己寻找女子，用以发泄罪恶的欲望。

天黑之后，董迈带着那些女子绕路行至孟老太家，寇元良本人也会前去，蒙起面目或是采取其他方式，以确保自己不会被人认出。完事之后，他出手倒很大方，给那些女子不少银钱，因此她们多半也不会惹出麻烦来。唯一的不足之处是寇元良必须雇一个帮手。董迈倒是十分聪明能干，却贪财心切，可能威胁要讹诈寇元良。更有甚者，董迈还与鉴娘结有私情，鉴娘腹中的胎儿正是董迈的骨血，寇元良觉察出此事，决意要除掉这一对男女，但他很有耐心，姑且按兵不动，只为等待适当的时机。他先用一大笔钱将董迈打发走，雇夏光来顶替。梁小姐对我道是夏光不及董迈聪明能干，因此更易惹出乱子来。

“鉴娘对寇元良道出关于御珠的离奇故事时，寇元良心知施行报复的时候来了。他既然精通收藏古董之道，自然立刻明白这分明是个圈套，是董迈和鉴娘想要骗财私奔的诡计，也正是他等待的机会。

“寇元良召来夏光，吩咐说不必急着去劫持牡丹姑娘。虐害牡丹只是寻常的消遣，如今他正在琢磨一件更为要紧的事务。夏光答应去告知那三个无赖此事作罢，如今可知夏光并未抽空去践行，对我们倒是有利，不过这并无关紧要。寇元良给了夏光一张地图，上面标有荒宅与亭阁，道是龙舟赛过后，董迈与鉴娘将在那里会面，鉴娘携着从寇家偷出的金条，二人打算一起私奔，又命夏光顶替董迈前去，杀死淫荡的鑋娘，再取回被盗的金条，并许给夏光一笔丰厚的赏金。寇元良舍得出这笔钱，因为他已盘算好最终要除去夏光。”

狄公拿起扇子，靠坐在椅背上，缓缓摇动几下，接着说道：“昨晚究竟发生了何事？寇元良与卞嘉在白石桥村招待众桨手时，寇元良趁机给董迈下毒，从而一箭三雕。其一，报复了鑋娘的情人；其二，除去了惹是生非的帮手；其三，得到了操纵龙舟赛赌注的一大笔钱财。夏光如约前去荒宅，杀死鑋娘，为寇元良拿回了金条。然后寇元良对夏光道是金条并非被盗，而是用来买入御珠的，御珠被董迈藏在荒宅的亭阁之中，董迈与鑋娘原本打算卷了金条与御珠双双私奔，自己刻意对夏光隐瞒御珠一事，是因为不想让夏光在杀死鑋娘后，再在亭阁中搜寻此物，此举颇为明智，因为鑋娘不知为何被官府中人一路跟踪至亭阁，此人还差点捉住了夏光。寇元良还说仍须找到御珠，明日一早便与夏光同去亭阁中搜寻。

“今早黎明时分，城门刚一开启，寇元良与夏光便分头赶去荒宅，前者号称骑马出去散心，后者则伪装成一个早早出城做活计的木匠。寇元良命夏光搜查亭阁，一是由于可以趁其不备而出手杀人，二是由于亭阁如果被人搜过，便可证明他对我讲述的御珠故事着实不虚。寇元良拣了一个适当的时候，抄起一块砖头砸在夏光脑后，将尸体抛在阴沟里，然后骑马回城。

“过了一阵，寇元良前去县衙大堂，出门离开之后，在街中看见梁小姐一行人。他虽不认得梁小姐和那三个无赖，却认出了牡丹姑娘，心知大事不好，官府将会从三个无赖口中得知他的秘密巢穴，即道观背后的孟宅，并且孟老太也认得他。于是寇元良急忙奔到彼处，勒死了孟老太。如今事事妥当，他已惩治了奸夫淫妇，拿回了十根金条，还赢得了龙舟赛的赌注。能够指证他的董迈、夏光与孟老太全都丧命，可谓万事大吉。”

狄公略停片刻。洪亮默默斟出一杯新茶送上。狄公呷了一口，又用冷手巾揩揩脸面，接着叙道：“如果寇元良清白无辜，那我们定是对他多有误解。若是如此，寇夫人便是因为恶性脑热而失去记忆，鑒娘身上的伤痕也必是在董家作奴婢时留下的。在某些人家中，下人常会遭此荼毒。寇元良对御珠的故事也是深信不疑。这故事听去十分可信，就连我自已起初也不曾生疑。如今姑且按下寇元良，再说下一个嫌犯卞嘉。

“首先，卞嘉的动机何在？据我想来，是一种挫败感使得他品性堕落，以此作为对悍妻的一种暗地反抗，因为卞太太不许他纳妾。他并无其他方式可以发泄，一则妻子好妒，二则身为名医，自己必须保持体面，不可与名妓娼女们公然结交。在他身上，或许有着某种残酷之处。对于这类事情，我们实在知之甚少。

“无论情形如何，卞嘉首先将自己反常的情欲发泄在平常女子身上，先是由帮手董迈提供，后来又是夏光。之所以从董迈转为夏光，其中缘故与我刚才说到寇元良时提及的一模一样。这般恶魔似的人物，可怖之处在于常会得寸进尺、变本加厉。粗俗的女子已不能使卞嘉感到满足，他想要把恶欲发泄在贵妇人身上，于是寇元良的侧室、美貌典雅的鹭娘便成了他的目标。杨掌柜对我说过，卞嘉为寇夫人治病，因此可以定期见到鹭娘。不过，虐害一个当地名流的妻室可是非同小可，卞嘉必须等待时机。他让夏光窥伺寇宅中的动静，一旦夏光能为他弄来鹭娘，哪怕仅仅一晚，他也可心满意足。”

狄公从椅中坐起，呷了几口茶水，又靠坐在椅背上，接着说道：“在第二种假设中，我们对董迈和夏光的角色必须有不同的看法。说起第一种设想，我们假定夏光并不知道董迈与鹭娘打算私奔，直到寇元良道出此事。但是如今却恰恰相反，我们必须认为夏光已从董迈口中得知他与鹭娘约定在荒宅中会面，并用一大笔黄金交换御珠。但是董迈十分小心谨慎，并没告诉夏光御珠只是个幌子，实则是预备与鑒娘私奔。夏光认为此乃天赐良机，可以得到卞嘉许给自己的好处。根据从董迈口中套出的消息，夏光预备了一张草图，上面绘有荒宅与亭阁，然后去找卞嘉，道是如今卞嘉可以如愿得到鑒娘，只要卞嘉当天晚上除掉董迈，自己就可代替董迈去那荒宅，将鑒娘锁在亭阁中，过后卞嘉自可前去，随便收拾那‘笼子里的小鸡’。夏光将会拿到黄金和御珠，然后与卞嘉平分。二人还安排到了第二天一早，身在亭阁中的鑒娘自会被人发现，众人都会以为是粗野游民下此毒手，即使寇元良也不例外。

“卞嘉听罢当即同意。他不仅能得到鑒娘，还能得到十根金条——正好可用来应付燃眉之急。我很怀疑卞嘉是否会相信御珠一事。此人十分聪明，经过推测，认定董迈编造出了御珠的故事，实则打算与鑒娘私奔，但是这一点对他并无影响。

“在白石桥款待桨手时，卞嘉将毒药投入董迈的酒杯里，从此除掉了这个麻烦的帮手，并得到了一大笔可观的赌注，故意赌自家船输掉。后来，鑒娘发现等候在亭阁中的不是董迈，而是夏光。夏光想要制服鑒娘，鑒娘动手反抗，突然抽出一把匕首来。在其后的打斗中，夏光被刺伤，于是杀死了鑒娘，或是失手，或是故意。无论如何，杀人一事使得他在卞嘉面前占据了上风。夏光拿走了金条，但是没想到我会意外出现，于是没法接着搜寻御珠。夏光返回城里，向卞嘉道明未能成事，还想要更多的酬金，因为卞嘉须得对鑋娘之死负责。不过夏光没有料到，面前之人乃是一个残忍无情的恶魔。卞嘉假装同意，利用夏光的贪心，道是很可惜没能得到御珠。夏光并不知道御珠根本无法出售，于是在卞嘉的劝说下，答应今早二人同去荒宅中寻找御珠。卞嘉让夏光在亭阁中搜寻，然后趁机杀死了他。洪亮，再给我倒一杯茶来，喉咙好生干渴!”

洪亮一边沏茶，一边问道:“敢问老爷，卞大夫在谋害了夏光之后，又有何举动?”

“据我想来，卞嘉定是藏在通往荒宅的路旁林中，等候匡敏依约前来，并给匡敏留出足够的时间，让他自去发现亭阁内已被人翻得一片凌乱，过后自己方才出现。不过，在现身之前，他看见你我走过小路。这样一来倒是更好，他便有了两个证人！于是就尾随我们去了亭阁。

“至于后面发生的事，与我跟你说过的第一种假设几乎完全一样。卞嘉与寇元良同样可能在街上认出牡丹，卞嘉甚至离开衙院更早些。于是他奔到城北，勒死了孟老太。总而言之，卞嘉不得不舍弃虐害鑋娘的乐趣，但也除掉了两个花费颇多又麻烦不断的帮手，并解决了银钱上的短缺，因为他不但得到了十根金条，还从龙舟赛上赢了一大笔钱，做得干净利落，没有留下任何破绽。”

这时从远处传来隆隆的雷声。狄公住口不语，侧耳倾听片刻，又换了一条湿手巾搭在颈后。

洪亮说道：“老爷，对我而言，第二种假设似是比第一种更有可能，也更为简单明了。还有其他事对卞大夫不利，包括他试图断言董迈死于心病猝发，并对老爷故意撒过谎，声称看见夏光在龙舟赛后动身回城。”

“这些确实值得注意，不过并不能完全说定。董迈看去确实像是心病猝发。夏光面上有一道醒目的疤痕，卞嘉可能将另一个脸上有疤之人错看作了夏光。如果卞嘉清白无辜，情形定是如此！”

“敢问老爷，究竟是谁修缮了亭阁？”

“我更相信是董迈所为。他曾经住在那宅中，自然对各处了如指掌。不过，他修缮亭阁不是为了收藏买入的古董，这一点我起初想错了。窗上的铁栅，厚重的门扇，新换的铁锁——所有这些都不是为了防范外人入内，而是免得被禁锢之人逃脱出去！比起道观背后的孟宅，那亭阁更适于用作施行虐害的秘密巢穴。正如夏光对梁小姐所言：‘没人会听见小鸡咯咯叫’。”

洪亮点点头，思忖半晌，缓缓捋着山羊胡，忽然皱眉说道:“老爷说过有三人最为可疑。莫非第三人就是匡先生?须得说——”

就在此时，从外面廊上传来急促的脚步声，只见门扇开启，班头闯入，喘息说道:“启禀老爷，卞大夫路遇匪徒行凶，差点送了性命!从这条街下去，就在孔庙对面!”

十五

狄公惊骇地望了洪亮一眼，坐直起来，冲班头问道："是谁做下的案子?"

"回老爷，那人已经跑了！如今卞大夫仍躺在街中原地。"

"此案是如何发生的?"

"卞大夫在街中行走，打算从桥上过河去，忽然遭人袭击。那歹人将他打倒在地，正要劫走钱财时，幸亏杨掌柜听见了呼救声，急忙从自家古董铺里奔出，于是歹人扔下卞大夫拔脚逃走，杨掌柜跑去追赶，可惜没能捉住，那人跑到河对岸的一片深巷之中没了踪影。杨掌柜见卞大夫神志清醒、性命无虞，便叫来孔庙的看门人，然后又跑到县衙报官。"班头深吸了一口气，接着又道，"卞大夫一动也不肯动，执意要让其他大夫前去查验一下，好证实未受重伤。"

狄公起身离座，"我们这就过去看看。班头，你叫上仵作，再命手下抬一副担架。洪亮，你随我来!"

天上仍是铅云低垂，街中十分溽热。众人沿着衙院外的高墙，一路快步走去。在孔庙门前，只见一大群人正围在门房附近。班头用力推开看众，让狄公入内。

卞嘉四肢伸展，躺在墙根处的地上，杨掌柜正将叠起的外褂垫在他的头下。卞嘉的帽子掉落，发髻散乱，一头灰白长发被汗水浸湿，一绺一绺粘在苍白的脸面上，左耳上方肿起一个大包，左颊有一大片青紫，衣袍上满是尘土，从肩膀到腰部扯破了一个大口子。仵作凑到近前，蹲下验伤，卞嘉喃喃说道："看看我的胸口、腰胯、右臂和右腿。头部还好，瘀青处很痛，不过太阳穴应是没有受伤。"

仵作开始查验卞嘉的前胸，两手动作十分敏捷。狄公俯身问道："卞大夫，究竟发生了何事?"

"小民正走在这条街上，预备去看一个临产的妇人。她住在半月街，在桥的那一边。街中空无一人。我……"卞嘉说到此处，住口不语，痛得口唇歪斜，只因仵作正在查看肋骨。

"那歹徒是从背后动手伤人的!"杨掌柜突然愤愤说道。

"小民忽然听到背后传来轻轻的脚步声，"卞嘉说话时语声低弱，"正想回头看时，只觉被人一拳猛击在头的左侧，打得我撞在墙上，然后倒在地下，半昏过去，模糊看见一个身材高大的歹人走到面前，我想要大喊救命，却被他猛踢一脚，故此没能发出声来。他弯腰撕开我的外袍，忽然停手不动，撒腿冲小桥跑去，杨掌柜在后面一路紧追。”

“老爷，那人身材高大，穿一身深褐色衣裤!”杨掌柜急急说道，“头上还扎着一根布条。”

“杨掌柜可曾看见他的脸面?”狄公问道。

“回老爷，只瞥了一眼。一张圆脸，留着短须。大致如此，卞大夫你说是不是?”

卞嘉闻言点头。

“莫非你常常随身携着许多银钱?”狄公问罢，见卞嘉摇一摇头，接着又道，“可有什么重要的文书?”

“有几张处方，还有一两张票据。”卞嘉低声答道。

这时仵作站起身来，欣然说道：“卞大夫不必担忧!据我看来，前胸处虽有一大片青紫，但是肋骨未断。右肘处有些扭伤，膝盖也是一样。回头到了敝人的医馆中，再替你仔细查验。”

“将卞大夫抬到担架上去。”狄公对仵作说罢，又对班头命道：“你派四名手下去半月街，四处搜寻杨掌柜说过的那个歹人，应是个左撇子。”转头又对看门人喝道：“莫非你什么动静都没听到或看到？当时正在做甚？守卫孔庙本是你分内之务，难道没人对你说过？”

“回老爷话，我……我只是打了个盹儿。”看门人吓得战战兢兢，吞吐说道，“小民当时就在门房内，杨掌柜前来大力叩门，这才惊醒过来。”

“小民本该也在睡中觉。”杨掌柜说道，“不过，有时伙计在楼下整理一些贵重的玉器，我就会下楼去，务必亲眼看着他先把每样东西都妥善锁好，然后再去用午饭。那时我正在楼下，听见外面有人呼救，便立刻奔了出去，看见那歹人正在撕扯卞大夫的衣袍。他听见有人过来，拔腿就跑。我追赶了一段，奈何脚程不够快，毕竟年岁不饶人。”说罢惨然一笑。

“杨掌柜多少也算是救了卞大夫一命。”狄公说道，“如今你和我们同去县衙，写一份官府笔录。你们几个放低担架！留神别碰到卞大夫！”

狄公眼看着仵作与杨掌柜将卞嘉送上担架，行动处颇显吃力，洪亮也从旁帮忙，总算安置妥当。两名衙役小心地抬起担架，狄公对洪亮低声说道：“倒是挑了个好时候，正是午睡时分，路上少有行人。桥对面有一大片七拐八弯的里巷，最是适于藏匿。”说罢示意洪亮和班头跟来。

三人一路行至衙院，另有两名衙役抬着担架，仵作与杨掌柜走在最后。狄公对班头命道："你赶紧骑马直奔码头，找到匡掌柜的驳船，召他前来县衙。若是他不在船内，你就等他回来，快去！"待班头匆匆离开后，又对洪亮小声说道："你这就去寇宅，查问寇元良是否在家午睡！"

狄公回到二堂，在书案后落座，自行斟满一杯茶水，端起来一饮而尽，然后两肘据案，皱眉深思，试图理出个头绪来。方才发生的事变，似乎哪里不太对头，有些地方又与自己这一向隐约的直感不无关联。汗湿的灰袍紧贴在肩头和后背上，狄公却浑然不觉。

过了许久，狄公忽然直坐起来，低声咕哝道："不错，一定就是如此！事事都已合榫——除了动机之外！"又朝后靠坐在椅背上，想要打定主意，选出一种最为可行的路数。心中的解释并未超出预料；但是仅仅出于直感就付诸行动，能否算是得当之举？经过严格推断而得出的设想，是否一定会胜过纯粹的直感？或者能否找出一种应对之策，可以同时检验直感与推断呢？狄公缓捋长髯，再度陷入沉思。

又过了两刻钟，仵作进来复命，满意地说道："启禀老爷，卞大夫好转了不少。小人在他前胸涂过药膏并包扎起来，用绷带将右臂吊起。他可以自己行走——不过须得拄着拐杖。卞大夫想问老爷如今可否回家，想要好好休息一番。”

“你去告诉他，可在衙院里休息。”狄公断然说罢，见仵作面露惊异之色，又道，“过后本县还想再问他几事。”

仵作告退后不久，洪亮复又走入。狄公示意他在书案前的板凳上坐下，急急问道：“寇元良可在家中？”

“没有，老爷。寇宅管家对我道是寇先生曾说家中太热，没法安稳午睡，要到关帝庙去烧香，鋆娘的棺木暂时停放在那里，正等着择日下葬。寇先生刚一进门，我便告诉他在家中等候，老爷过后不定会召他前去县衙。”洪亮说罢，焦急地望了狄公一眼，又问道，“卞大夫遇袭一事，老爷看来是何意思？”

“可能正如表面看起来那样，即企图劫夺财物。”狄公缓缓说道，“如果实情如此，这场意外仍不能令我打消他终为真凶的假设。不过，若是那歹人意在害命，卞嘉就是清白无辜的；他一定是晓得了什么指向真凶的内情，虽然自己并未意识到——故而那人想要杀他灭口。在此种情形下，我们就必须把注意力放在寇元良身上。此君刚刚去过关帝庙，虽说出于哀痛之情，但也可能是借故出门，好趁机雇用一个无赖去杀死卞嘉。卞嘉想要返回家中，但是我命他留在县衙，免得有人再次企图取他的性命。你让寇元良留在家中待命，此举亦十分得当。如此一来，就只剩下尚未提起过的第三名嫌犯，说来便是匡敏。”

“第三人果然是匡掌柜!”洪亮叫道，“不过，老爷为何将他也归入嫌犯之列？虽说匡掌柜的样貌确实像是袭击卞大夫的歹人，但在此事发生之前，老爷已经对他生出了疑心。”

狄公淡淡一笑，“洪亮，我不得不怀疑到匡敏！自从发现那枚丢失的骨牌到底有何深意。”

“骨牌？”

“不错，正是那枚白板。昨天晚上，我和夫人们在官船上抹骨牌，有人从牌桌上偷走了一枚白板。有机会拿走此物者，唯有寇元良、卞嘉和匡敏三人。卞嘉与寇元良上船来告知我龙舟赛已准备就绪；丫鬟送茶时，将剩下的骨牌推到一旁，并将其中几张翻为牌面朝上。匡敏上船时，我和夫人们正暂停牌局，站在栏杆旁欣赏河上风景，因此他也有机会偷去白板。”

“敢问老爷，为何那凶犯需要这张骨牌？”

“因为他机敏过人，实在远胜于我!”狄公说着惨然一笑，“他一看见桌上的白板，立时便想到与城门守卒用的竹牌十分相像。他一转念便想到的事，我却花了不少工夫方才领悟！他心中闪过一念，假如夏光在城门关闭后再回去的话，就必须向南门守卒报上自家身份，不免会露出破绽。若是官府查问那天夜里回城之人，或是因为董迈之死，或是因为鐾娘在荒宅中遭人虐害，城门守卒不定就会想起夏光，尤其是他的脸上还有一道醒目的疤痕。因此凶手灵机一动，偷去了这枚白板，过后潦草写下一个数目，再交给夏光。夏光确实利用此物顺利回城，并向那幕后主使报告亭阁中发生的变故。正是因此，南门什长才会将这枚假造的竹牌交还给我。”

“那凶手犯了一个大错。”洪亮说道。

“也不能说是大错。他只是不曾料到，我会对一枚丢失的骨牌如此看重，并不断深思其中有何缘故。且罢，推断就到此为止！如今我们必须动手行事，事情很多，时间却很少。我们本应开始一场彻查，弄清所有嫌犯的背景和行止，只可惜没有工夫去付诸实行，若是再发生第五桩命案，可是消受不起！我们必须立即着手，不过在找到匡敏之前还须按兵不动。你出去看看班头回来了没有！”

洪亮急急退下，奔去门楼中询问守卫。狄公起身离座，踱到窗前，推开窗户探出头去，只觉一阵微风吹过，心中十分满意，又环顾花园假山，只见小乌龟正在金鱼池边的草木间悠悠爬行，挪动着四条健壮的小腿，头颅朝前伸出。这时听见洪亮走入，狄公转过身来。

“启禀老爷，班头尚未从码头返回。”

“但愿匡敏不曾逃走!”狄公忧心说罢，摇一摇头，接着又道，“不，他不会逃走，以他的聪明识窍，想是不至于此。”说罢抬手拿起鹤毛羽扇，重又坐回椅中，“在等待匡敏时，我且对你说说他的可疑之处，过后你自会明白应如何看待这前三名嫌犯。”

狄公换了一条湿手巾搭在颈后，说道：“据我想来，匡敏在京城中过着中规中矩的日子，只有外出经商时，才会设法满足自己卑劣的欲念。此人格外狡黠，将自己变态的淫乐深深藏起、秘而不宣，甚至还有意在客居之处树立起完全无异于常人的名声，不时让客店掌柜公然为他召妓过夜——找个健康又便宜的女子即可。但是，由于他对古董生意颇有兴趣，在蒲阳暂住时，结识了董迈和夏光。他先是雇用董迈，后来换成夏光，只为满足自己真正的乐趣——这可是既不健康，也不便宜。他与寇元良都对古董十分有兴，于是二人相识；杨掌柜对我道是寇元良偶尔会从匡敏手中买入一两件东西。我们知道鋆娘帮助其夫整理古物并编纂目录，类似书记一般，因此匡敏必定在寇宅见过她几面，并生出觊觎之心，原因与我提到卞嘉时说过的一模一样，即一心想要虐害贵妇人。匡敏命夏光留意，一旦遇见可能得到鋆娘的机会，就立即告知自己。

“几天之前，匡敏定是给夏光送去书信，道是自己将在昨天早上抵达白石桥。夏光深知匡敏的心意，于是雇了三名无赖去劫持牡丹姑娘，匡敏以前来蒲阳时，曾在宴席上见过她，并暗中选为下一个虐害的对象。昨天早上，夏光急急忙忙赶到白石桥，告诉匡敏说自己已安排下劫持牡丹，同时还有一个惊人的消息：就在当天晚上，匡敏还可以将鋆娘弄到手。夏光接着道出董迈与鋆娘约好在荒宅中交易御珠，还说自己愿去顶替董迈。匡敏一听，立时欣然同意，因为不但可以如愿以偿得到鋆娘，还能获取十根金条。匡敏或许并不相信御珠的故事，不过只将疑问放在心里，如今头一个难题是如何除掉董迈。夏光道是在举行龙舟赛之前，所有桨手都会在白石桥村受到款待，董迈既是卞嘉船上的司鼓，自然也会前去，如此一来，这难题便迎刃而解了。匡敏派人送给卞嘉一张字条，请他来船上会面。卞嘉答复说自己十分忙碌，不过会在午后前去。于是情形变得越发有利，匡敏让卞嘉带自己也去吃喝受用，并趁机将毒药投入董迈的酒杯里。夏光自会奔去荒宅赴约，一旦回来复命说已将鋆娘锁在亭阁内，匡敏再自行前去。次日一早，匡敏与卞嘉在荒宅中查看房舍时，将会‘发现’那不幸的女子。匡敏十分贪心，还吩咐夏光操纵赌注，最后又命夏光告知那三个无赖不必再劫持牡丹姑娘，只因比起虐害一个平常的烟花女子来，如今另有更为要紧的事务。”

狄公默然半晌。只听外面雷声滚滚，似是十分切近。

“老爷，匡敏昨晚为何要到官船上造访?”洪亮问道。

“我也曾同有此问！答案必是匡敏想要证明举行龙舟赛时，自己就在当地，并且直到深夜才返回白石桥。驳船上的船夫全都喝得烂醉，孙掌柜又生着病，因此很难确证匡敏的行迹。匡敏很可能偷了骨牌并交给夏光，然后匆匆返回白石桥。当天深夜，他在那里又见到夏光，夏光道是大事不好：自己不得不刺死鑿娘，不料我又意外到场，使得他没法继续搜寻御珠，因此只拿到了金条。匡敏未能如愿得到鑿娘，不免十分抱憾，不过得到了十根金条——此事对他而言或许更为重要。在这以后，发生了同样的情形：匡敏劝说夏光今早前去荒宅里搜寻御珠，让夏光假扮作木匠。匡敏与卞嘉早有约定，因此可以堂而皇之地前去。夏光搜过亭阁后，匡敏下手杀死了他。至于最后勒死孟老太一节，也和我以前提到寇元良与卞嘉时说过的一模一样。所有情形就是如此。”

狄公换了一条手巾揩揩脸面，洪亮也依样而行。狭小的二堂内十分闷热。

半晌过后，洪亮说道：“有一件小事对匡掌柜比较有利，他一看见夏光的尸体，就剧烈呕吐起来，这可不大容易伪装得出。”

狄公耸耸肩头：“匡敏出于礼节，转过身去背对你我，我们的注意力又全在刚刚发现的尸体身上。匡敏很可能将手指伸进喉咙里掏挖几下也未可知哩！”

这时只听有人叩门，却是班头走入，得意地笑道：“启禀老爷，小人不得不等待多时，不过总算找到了匡掌柜！船主告诉我说匡掌柜与孙掌柜吃过午饭就径去城里，要采买些东西。后来孙掌柜独自回来，道是匡掌柜在河边有几笔生意。我听了立即奔去，结果在一家小药铺里找到了他，于是当场捉住，如今正在三班房中等候。”

“办得好！卞大夫在哪里？”

“回老爷，卞大夫在公廨内，正与仵作一同喝茶。他已讲述过如何遇袭。这里还有杨掌柜写下的证词，此人已回去料理店铺了。”

狄公匆匆浏览过两份文书，转手交给洪亮，对班头问道：“你的手下可否捉住了那歹人？”

班头面色一沉，“没有，老爷。他们问遍了半月街上的住户，搜过所有可疑的地方，却没能找到一丝踪迹。”

班头说罢后，紧张地望了狄公一眼，以为定会遭到一顿痛骂。不料狄公并未责备一句，手捋颊须默然半晌，过后说道："你去告诉匡掌柜，本县此时不能见他，要等寇先生和卞大夫同来之后，众人才能一道面谈。我想与他们三位随意聊聊，因此打算去寇先生宅中，那里比县衙要好得多。你这就送匡掌柜和卞大夫过去，让他二人坐在一乘密实的轿子里。告诉寇先生，我想在他家书房里议事。那间屋子坐落在宅内一个僻静处，十分清幽，正是昨晚寇先生接待我的地方。你还可以告诉他，等我办完了这里的例行公事，便会立刻前去。你可都记住了？"见班头恭顺一揖，接着又道："你将匡掌柜卞大夫送到寇宅后，立即回来待命。"

班头离去后，洪亮急急问道："莫非老爷打算让他们三人互相对质，真凶便会自行暴露？"

"至少我希望如此！洪亮，还有一事要派你去办。我需要一只木刻的人手。"

"老爷是说木刻的人手？"

"不错。你去杨掌柜的古董店，问他能不能助我们一臂之力。他必会有些零散的佛像上的木手，通常用木头单独刻出，等全身雕成之后再加上去。我想要一只左手，和真人的一般大小，或者稍稍大些，让他漆成白色，并在食指上戴一枚铜指环，上面镶嵌一颗廉价的红宝石。你对他说我今晚要去寇家书斋面会卞大夫匡掌柜，届时想要拿这木手给他们看看。”

这时一道闪电划过，照亮了窗纸，紧接着传来震耳欲聋的雷声。狄公迅速说道：“洪亮，你最好坐轿前去，免得遇上暴雨。等你回来之后，我再解释到底想要做甚。时间紧迫，这就去吧！”

十六

夜幕降临时，狄公乘坐的大官轿在寇家前院稳稳落地，众轿夫皆已汗流浃背。周围房舍的檐下悬着六盏油纸大灯笼，上面皆有“寇府”两个硕大的红字。寇元良疾步奔到轿前，灯光正照在他焦灼不安的脸面上，管家立在一旁。为了迎接县令老爷驾临，二人已在庭院内恭候多时。

狄公走出官轿，洪亮跟在后面。寇元良郑重行礼，狄公点点头，蔼然说道:“衙里有要紧公事，是故拖延至此，实在过意不去！想来匡掌柜和卞大夫都已到了?”

“正是，老爷。我等正在担心，生怕老爷在半路上遇到暴雨。”话音刚落，只见一道闪电划过，紧接着一声隆隆的闷雷，寇元良连忙又道，“老爷请这边走!”说罢急急带路入宅。

寇元良引着狄公和洪亮穿过曲廊，走向宅院后方的书斋。

狄公步入房中，见里面正是自己记忆中的模样，不禁十分满意。这书斋阔大轩敞，只摆了寥寥几件家什，点着六盏高高的烛台照亮，两两成对，放在后墙的四扇窗户之间。门扇左边立着一口硕大的橱柜，里面陈设有精美的瓷器和番邦玻璃器皿，右边靠墙则是高高的书架，上面堆满了书籍卷册。地上铺有厚密的宝蓝绒毯，正中央摆着一张光亮厚重的乌木八仙桌，周围四把乌木座椅。在右边的远角处，窗下另有一张圆形茶几，卞嘉与匡敏正坐在那厢。

二人急忙起身，上前恭迎狄公，卞嘉拄着一枝竹杖。房内溽热闷塞，二人已等候多时，显然心绪不佳，烛光下看去面色疲惫，薄薄的衣袍贴在汗湿的肩头。狄公瞧在眼里，不觉心中暗喜，欣然说道："二位还请坐回原处！卞大夫，看见你大为好转，本县深感欣慰。你还须多加小心，不可走动太多！"说罢在茶几旁坐下，接着又道："有劳各位久等，本县十分抱歉，不过各位想也明白，县衙公务总是如此……"这时寇元良彬彬有礼地低语几句，狄公插言说道："寇先生，洪都头将会助贵府管家备好茶水。须得说此处甚热，不过紧闭窗户倒是明智之举，敢说不久便会下一场暴雨。然而总体说来，对于本地的气候，我们倒也无可抱怨。想想北地严冬……"

这时管家和洪亮进来送茶，众人彼此客套寒暄几句。狄公呷了一口茶水，咧嘴笑道："寇先生，此茶的味道极佳！主人本就格调不凡，贵宅果然也是色色精美、样样出众！”

众人见狄公如此有兴，不由得面露霁色。卞嘉揩揩汗湿的前额，问道：“老爷，关于袭击小民的那个恶徒，可有什么消息？”

“尚且没有，不过官府正在全力缉拿。卞大夫不必担心，我等定会捉住那歹人！”

“给老爷平添了如许麻烦，小民深感抱憾，”卞嘉懊悔地说道，“老爷定是忙得不可开交，遇上那般骇人听闻的人命——”说到此处蓦然止住，迅速瞥了寇元良一眼，改口又道，“那般重案。”

“不错，本县确实忙得不可开交，正是因此，才要召集各位来议论一番。之所以邀请各位，正是想要倾听高见。”狄公说罢，转头对寇元良又道：“寇先生正值哀痛之时，本县选用贵宅议事，想你必会谅解一二。既然你与这桩惨事直接相关，但愿应会……”话未说完，见寇元良肃然点头，接着又道，“你可命管家退下。既然茶点都已在条几上准备停当，洪都头自会适时送上。”

待管家离去后，狄公倾身朝前，说道：“本县向来认为，县令但凡遇有难题，理应对当地名流开诚布公，唯其如此，方可从其人的学识与阅历中受益，同时征求良策。”

说罢对匡敏微微一笑，“匡掌柜虽非本地人士，却时常造访蒲阳，故而本县也冒昧相邀。”卞嘉闻听此言，面露惊异之色，狄公却不加理会，接着说道：“本县不妨直言相告，如今急需各位建言一二。蒲阳城内已出了四桩命案，至于凶手是何人，却仍然全无头绪。一场详查势在必行。今日聚众议事，正是为了筹划如何行事才最为有利。想必得花费不少时日方可有所收获，不过这并无大碍。常言道‘欲速则不达’，行事虽缓，却可保无虞。”

匡敏扬起两道细眉，问道：“老爷莫非是说，小民在查案期间必须一直留在此地？”

“这个倒也未必。须知一桩最为扑朔迷离的疑案，有时却会由于天赐的好运而意外破解！洪都头，送些湃[1]过的水果来！各位在受用时，暂且不必议论正事！”

洪亮端上几只古董彩绘瓷碗，里面盛着鲜美的冰镇果品，众人纷纷品尝起来。寇元良稍稍松了口气，用罢水果后，道出一段有关古画赝品的趣事，狄公也讲述了一桩以前办过的滑稽案子，出语生动诙谐，引得众人开怀大笑，虽然室内依旧酷热，气氛却甚为欢快和悦。洪亮正欲为众人再度斟茶时，狄公忽然立起说道：“诸位，如今且

---

[1] 湃（bá）——指用冰块或凉水浸泡，使果品或饮料变冷。

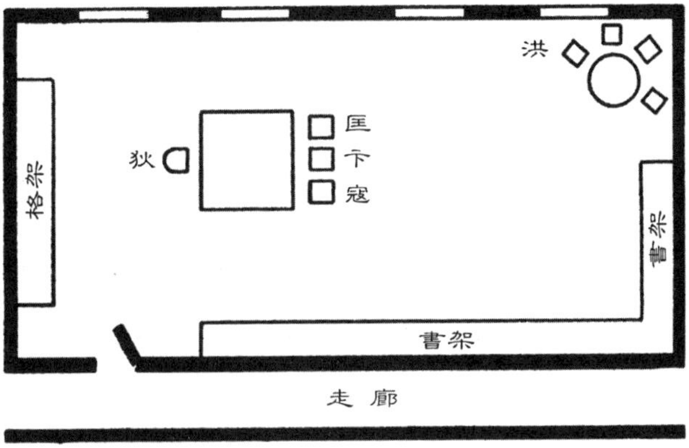

来商议正事吧!”

书斋正中的八仙桌一侧放着单独一张座椅，狄公上前坐下，左首为窗，右首为门。洪亮已在正对面摆好了另外三张椅子，那三人也分别落座，卞嘉居于中间，面对狄公，左手边是寇元良，右手边则是匡敏。

桌上有一盏硕大的银烛台，狄公将其推到左侧，怒道:“我的天，还是如此酷热！洪都头，你去把墙边的烛火统统吹熄！点着蜡烛只会更热！再说那亮光也甚是刺目。各位有所不知，本县近来眼睛不大好，想是由于日光过强的缘故。且让我瞧瞧有没有带眼罩来。”说罢探手入袖摸索几下，却掏出一只信封来，出声叫道:“啊呀！这封信还不曾拆开哩！就在本县临出门前，有人将此信送到衙院，上面写着‘急件私启’，这是怎么回事？还请各位稍候片刻！”

狄公撕开封口处，抽出一张折起的纸片，竟是一封长信，字迹细小，写得密密麻麻、难以辨认。狄公匆匆浏览过开头，低声咕哝道：“此人道是他的侄女在某处帮佣，被人劫去，又遭到荼毒，回来时浑身是伤。唉唉，那可怜的姑娘定是落入了一个恶魔的手中。”

狄公默然看了半晌，又道：“这人还说姑娘瞥了一眼施虐之人，似是本地的一个名流士绅，故此犹豫多时，方才告知与我，然而蒲阳城内秩序井然，不当发生如此暴行，请求官府迅速勘察并采取必要举措，以免……不错，不错，我们自然都知道，他本应立即报官才是。哪里提到了凶犯的名字？”说罢将书信凑到眼前，摇一摇头，“奈何竟寻不到，从没见过如此蹩脚的书法！”又抬头说道：“寇先生，劳驾你将这书信的后半段大声念来听听！”

狄公作势要将书信递给寇元良，忽又停手不动，歉然一笑，“不不，本县不可将官书拿给外人看！还是过后再细细研读不迟。”说罢叠起信纸，纳回袖中。

“有人竟会告得如此荒唐，事先总该三思而行！”匡敏恼怒地说道。

“本县不好妄断此事一定荒唐，”狄公忽然态度一变，庄容说道，“事实上，我有理由怀疑如今正在追查的凶手，也是信中所言的恶魔一类人物。”

狄公靠坐在椅背上，注视着对面三人。蜡烛的光晕中，只映出三张脸孔，个个面上紧绷，方才的欢愉气氛已是一扫而空。

狄公又徐徐扫视四周。洪亮已退到墙角的茶几旁，正坐在那厢，直盯着茶盘上的一小根蜡烛，室内其他地方全是幽暗。墙边的蜡烛熄灭后，散发出一股浓重的油烟气味，更显闷塞。

此时一片寂静，令人惶惶不安。狄公有意默然半晌，转头朝门口望去。那边十分黑暗，只能看见门扇与门槛的缝隙之间透出一线微光，正是廊道里灯笼发出的光亮。若是有人站在外面偷听，定会轻轻推开房门，之前已给了那人足够的时间，想来必是自己的直感有误。既然如此，眼下不妨全力对付面前的三人。

“本县刚刚说过，”狄公开口又道，“怀疑那凶犯是一个恶魔。此人十分危险，之所以有此断言，皆因……”

狄公说到此处，忽然住口不语，心觉听见房门轻轻关闭，不禁迅速转头朝右看去，然而除了门槛处的微光，却是一无所见，想来定是听岔了，于是清清喉咙，接着说道：“关于此人的品性，本县自忖已了然于心，全得感谢他曾犯下一个奇怪的错误。”

寇元良在座中不安地挪动一下，卞嘉直直盯着狄公，两片薄唇紧抿，左颊上的青紫伤痕与苍白的肤色形成鲜明对比。匡敏已恢复自持，面上显露出基于礼节的兴趣。

“那凶手十分冷血，足证是个反常之人。”狄公沉稳说道，“如果行凶是出于异乎寻常的色欲，那么此人定是几近疯狂，行事可怖。他必是道貌岸然，看似起居行止全无异样，实则每时每刻都在拼命自抑，内心深受折磨。那些被判死罪的杀人色魔，全都在供词中讲过类似情形，细述如何尽力保持心气平和，还会时常遭遇到可怕的幻觉，那些邪恶的力量总是在潜伏守候，受害者的鬼魂也会前来搅扰。我记得曾经办过一桩案子……”

狄公略停片刻，侧耳倾听，确信自己听到了门扇关闭的声音，拿眼角一瞥，只见在大门与橱柜之间的墙角处，不知什么物事正在暗地里挪动。有人溜进了房内，这可是事先不曾料到的情形。曾经预想过有人会推开房门，偷听里面的谈话，过后才自我暴露——总得过上好一阵工夫。不过眼下着实无法可想，自己仍得依计而行。

“本县曾审问过一个犯下杀人分尸之罪的凶手。他坚称说每天晚上，那女死者的断手都会爬上自己的胸口，想要扼住自己的喉咙。他——”

“想必只是做梦而已！”卞嘉突然开口说道。

“天晓得！”狄公说道，“后来，就在受刑的前一天上午，狱卒发现那人死在牢房中，果然是被扼死的。在上报朝廷的呈文中，我自然写的是此人由于恐惧懊悔而濒于疯癫，于是自裁身死，或许实情真是如此。再者说来……”

狄公疑惑地摇摇头，手捋长髯思忖片刻，接着叙道：“无论如何，此事可用来解释在眼下的案子里，凶手为何会犯下错误。须得说或许是迫不得已而做下的——因为他贸然惊动了那些最好敬而远之的神秘莫测之力。杀死董迈可能会取悦白娘娘，此事会令白娘娘想起古时的活人祭祀，年轻后生躺在对面的祭坛上，血脉被一道道割断后，鲜血喷洒在汉白玉神像上。但是谋害鳖娘则另当别论，她不但与白娘娘同为女子，而且罪行就发生在圣林旁边——此举似是十分鲁莽，且对神灵大为不敬。我们对此实在知之甚少。”说到此处略停片刻，耸耸肩头，“无论情形到底如何，本县已有证据，确知凶手犯下一个错误，且只能解释为失去记忆，着实古怪得很。凶手虽说聪明绝顶，却显然完全忘却了自己曾在案发之地——”

“哪一桩案子？”寇元良嘶声问罢，连忙顾视左右，对狄公吞吞吐吐地说道，“还请见谅……小民出言唐突了。不过……小民想说的是，已经出过四桩人命案，可是如此?”

“确实如此。”狄公淡淡答道。

室外远远传来一串雷鸣。

“寇先生不该被这坏天气败了兴。”匡敏开口说道。虽是出语安慰，然而在寂静的室内，却听去格外刺耳。

“老爷，我刚才看见门扇一动!”有人忽然焦急地说道，“要不要去查看一下?”

说话的正是洪亮，此时已起身离座，朝三人身后走去。

狄公一时不知所措。眼前的计策中，还包括出现一个神秘的偷听者，但是出于一个特殊的原因，自己事先并未对洪亮道出此节。洪亮显然看见了偷听者离去，却误以为是有人溜进室内。不过自己不可冒此风险。若是那人仍在室内，必定不知自己事先已料到他会出现，否则所有的谋划都会落空。想到此处，狄公对洪亮厉声说道:“洪都头定是看花了眼！回去原处坐下，不要贸然插话!”

狄公听到布袍的沙沙声，想是洪亮走回墙角处。不对，这并非洪亮穿的布袍发出的声音！却是从自己背后传来，如今听得更加分明，似是丝绸滑动的窸窣声。有人正朝自己背后走去。狄公连忙打量对面三人，立时明白他们并未看见任何动静。在蜡烛的光晕中，只映出自己的脸面，其他地方全是一片漆黑。看来不得不抓紧时间。

“本县姑且不再细述凶手的这一离奇疏忽。再说另一件更要紧的事，凶手雇用浪荡书生夏光作为帮手，而夏光喝醉后总是管不住嘴。我已寻到了一个无赖，他时常与夏光一起饮酒，听他道是夏光的背后主使还雇用了另一个帮手，却是完全不同的另一类人，他……”

这时又传来窸窣声，听去更为切近。狄公面上紧绷，原本以为危险会来自右边，自己总可从侧面看到那人并有所防范，谁知如今有人正在身后发出呼吸声。

对面三人已看出狄公脸色骤变。卞嘉暗哑地说道：“出了何事，老爷？为何——”

只听一声霹雳炸响，卞嘉吓了一跳。

狄公心中闪过一念，最好立时跳起，出手擒住站在自己身后的那人。不行，那人只是现身此处的话，并不能证明他一定有罪。他大可说是不想搅扰议事，因此……衣袖里有一件物事在动来动去。不行，必须仍旧依计行事。狄公面上的汗珠直往下淌，自己却浑然不觉，说话时音声大变：“此人乃是本地名流，不仅与谋害董迈有关，还亲自下手扼死了孟老太，从背后出手，用一条绸巾紧紧勒住她的喉咙。死者伸出一只苍白无力的手，想要抓住绸巾，奈何却是无济于事。就在几个时辰之前，孟老太突遭横死，若是她的鬼魂在此处游走的话，就会……”

狄公突然惊叫一声，从椅中坐直起来，双目圆睁，紧盯着三人身后，冲着洪亮叫出事先约定的一句话：“洪都头，是谁站在你身后？”

卞嘉在座中急忙转身，寇元良与匡敏惊呼一声，也掉头朝后看去。洪亮一跃而起，挥舞双臂直奔过来。狄公从左袖中迅速取出一件物事，放在桌案边上，骇然叫道：“快看！老天救我！”

三人闻声又转过头来，洪亮就立在三人背后，伸手在自家衣袖中摸索。寇元良与卞嘉同时惊叫一声。匡敏的口唇抽动几下，到底没能发出声来。一只雪白的人手似是要抓住桌案边缘，三人死死盯住此物，个个惊骇欲绝。那只手朝着蜡烛方向缓缓挪动，食指上的红宝石发出狞邪的光芒，断裂的腕部只剩下参差不齐的血红残桩，一时又掉转方向，开始朝三人移去。

狄公半身立起。卞嘉惊跳起来，致使座椅翻倒在地。只见他脸色惨白，面目扭曲，两眼紧紧盯住移动的断手，尖叫道：“我没有杀她！”转身踉跄奔到洪亮那边，被洪亮伸手扶住，口中又叫道：“救救我！我没有杀她。只是毒死了董迈，但也是误信人言！我原本听说……”话说到一半，全身痉挛抽动，失声痛哭起来。

狄公却是听而不闻，从座中半立起来，抬起右臂试图抵御来自身后的危险，同时转头朝右看去，忽然僵直不动，心中一阵莫名惊骇。只见咫尺之外的黑暗中，赫然出现了另一只雪白的人手。

十七

狄公一时骇极，心想自己居然当真召来了鬼魂。只见白手抬起，带出一幅黑袖来，狄公方才长长出了一口气。那只手指向已然半开的门扇，外面廊上的灯光透入，一个大汉正倚靠门柱而立。

只听身旁有人说话，语声轻柔而坚定："你躲不过我的眼睛。走到近前来!"

寇元良与匡敏正骇然瞪视着桌上的断手，听到这说话声，又吓了一大跳。卞嘉放开洪亮，转过身来。只见光晕中显出一个身材高挑的女子，端立在狄公旁边，穿一件长袖黑裙，面色苍白，容貌绝丽，三人不禁呆呆凝望，惊诧无语。狄公见此情形，连忙倾身朝前，一把拿过桌上的木手纳入袖中，又起身抓起烛台，高高举过头顶。

众人看见那大汉连连后退，已退到橱柜旁的墙角处，厚实的肩膀朝前佝偻，两臂半抬，双拳紧握，似在试图抵御某种无形的力量，两眼定定注视着女子的脸面。

女子扬手召唤，大汉自行立起，一步一步朝前走去，动作僵硬，不似生人，直如行尸走肉一般。

房门突然大开，班头现身出来，外面廊上站着一群衙役。班头想要走入书斋，狄公却断然挥手示意，命他止步。

大汉朝女子越走越近，直盯着女子的面容，两眼凹陷无神，看去如在梦中。

“我没有杀人!”卞嘉又大叫一声，随即瘫倒下去，洪亮连忙伸手扶住。

寇元良与匡敏双双站起。寇元良对那黑衣女子颤声说道：“你本该……这是怎么……?”

女子并未理会，直直盯着大汉，眼中闪出奇异的火花。此时大汉已定定站在女子面前，双臂紧贴在身侧。女子又沉静说道：“你早就盘算好了今晚的阴谋，牵了两匹马，在邻街等我，正如你我事先约定的那样，从南门出城而去。你曾许诺会带我抄近道去风茄林，到了地方，我必须亲手采摘那神奇的药草，它将治好我的不孕之症，让我们夫妻得到一个盼望已久的男丁。”

女子深深吸一口气，再度开口时，听去不似人声：“我们进到林中，你说那药草生在里头，就在白娘娘庙旁边。穿过黑暗的密林时，我心里很怕。你点燃了插在破墙上的火把，我看见高大的汉白玉神像，愈发害怕起来。但

神庙中金莲遭劫难

我应该害怕的是你杨某人才对！而不是白娘娘！”

杨掌柜双唇翕动，女子又滔滔不绝地说道：“你先是厚颜无耻地大谈如何倾慕于我，夸赞我美貌绝伦，还说我们可以双双远走高飞，只要你我相爱，其他都无足轻重。我听罢十分惊骇，明白道出了对你设下的如此奸计作何感想。你跪倒在地，哀求我三思而行，还想亲吻我的两脚，我赶紧后退几步，斥责你是个背信弃义的色鬼。突然之间，你变成了一个可怕的恶魔。”

杨掌柜高大的身躯似是瑟缩下去，想要掉过头去，却又无力移开视线。女子两眼喷火，倾身朝前，厉声说道：“我要在此时此地，当着我夫君的面，控告你在白娘娘庙里污辱了我。你把我捆在汉白玉祭坛上，扬言要一根一根挑断我的血脉，将人血洒在白娘娘像上，让我慢慢死去。你说我最后必会屈服，而且没人会知道出过何事，又冷笑着说道：‘求吧！求白娘娘救你吧！’这时火把即将燃尽，你去外面拣树枝。

“我孤苦无助，仰面朝天躺在白娘娘脚下，看见她手上的红宝石戒指闪闪发光。我被赤身捆在冰冷的汉白玉石板上，那红光似是令我感到温暖。我向白娘娘祈祷，既然她也是女子，总该帮助一个受辱后还将被折磨致死的女人。我觉得右腕上的绳索似有松动，于是拼命拉拽，绳结终于松脱。我挣出一只手来，解开了其他几根绳子，站起身来，仰头望着白娘娘，心中感激不尽。墙上的火把冒着黑烟，在摇曳不定的火光中，我似是看见白娘娘微微一笑，露出抚慰之意。

“我跳下地来，匆匆裹上中衣，翻过墙上的缺口，一头扎入神像背后的密林中。我正拼命朝前跑时，听见你大声叫我，我吓得要命，不顾一切地飞奔，两手被荆棘划破也浑然不觉，然后……”

女子忽然住口不语，半转过身，迷惑地望了寇元良一眼，声音转为低弱，几不可闻：“我不晓得后来发生了何事。但我如今已经回来，回到了自己家中。我……”说罢脚底打起晃来。

寇元良急忙绕过桌案，扶住女子的手臂，两眼看着狄公，吞吐说道：“小民完全不懂这是怎么回事！她今晚并没出门，又怎会……”

狄公肃然说道：“寇先生，尊夫人讲述的，乃是发生在四年前的旧事。”

十八

寇元良小心搀扶着夫人，出门而去。狄公示意手下进来，待四名衙役在杨掌柜身旁站定，对班头命道：“点亮墙边的蜡烛！”

又是一声炸雷，紧接着大雨如注，打在屋顶上啪啪作响。狂风吹动窗上的遮板，暴风雨终于从天而降。

卞嘉抬手指着杨掌柜，颤声说道：“他……是他给我的毒药！还说只是蒙汗药，我居然信以为真……”

“卞大夫，正是你偷了我的骨牌！”狄公冷冷说道。

“老爷，请容小民解释，解释所有的事情！杨掌柜说那天夜里想让夏光在龙舟赛后顶替董迈前去荒宅，事关一桩十分要紧的事务。当日午后，我问夏光出南门时可否领过竹牌，他说不曾领过。正是因此，我看见老爷骨牌里的白板时，就顺手拿了一张，过后交给了夏光。”卞嘉说罢，朝狄公投去哀求的一瞥，接着哭诉道，“老爷明鉴，都是杨掌柜逼迫小民帮他，我可以对天发誓！我以前借过他的钱，数目甚巨……后来净走霉运，投出去的钱血本无归，债主们日夜催逼，老婆也从早到晚聒噪不休。杨掌柜动一动指头，就会彻底毁了我的生计和前程……他给了我一个小纸包，说只是些蒙汗药粉，根本不会伤人，看上去确实也很像！后来，当我明白过来自己竟毒死了董迈，一时不知所措，我……”说到此处，抬起两手捂住脸面。

“卞大夫，你明明知道凶手是谁！”狄公厉声说道，“事后却不曾主动告发，使得自己成为同谋。至于该如何判罪量刑，过后再议。班头，派两名手下，将他带入轿中，送去大牢。”

洪亮从地上拣起卞嘉的手杖递过。卞嘉朝门口踉跄走去，两名衙役紧跟左右。

杨掌柜一直默默站在原地，神情茫然，如同泥塑木雕一般。

狄公将两手笼在袖中，转头看去，开口说道：“杨掌柜，你拐骗并奸污了寇夫人，将会身受极刑，即凌迟处死。如今且原原本本从实招来，包括如何预谋毒杀董迈、刺死鋆娘，如何亲手杀了夏光和孟太太，又如何企图除掉同谋卞嘉。如果你道出实情，本县将会提议在处死时减等发落。”

杨掌柜似是听而不闻，两眼空洞，直直盯着前方。

“你还可招供如何去白娘娘庙中行窃，”狄公又道，

“偷去了藏在那里的金器。”

“此物存在敝宅墙上的银柜里，共有九件，”杨掌柜木然说道，“由汉代一个著名工匠打造而成。我虽说需要银钱，但也不忍心将这些精美绝伦的古董生生熔化。东西全都收在里面，还有那颗红宝石。”说罢略停片刻，狠狠看了狄公一眼，怒道，“你怎会知道此事？”

“今日早间，本县前去贵店拜访时，你说从没去过神庙，却又道是祭坛与底座是分开的。你给我看的书中分明记载着神像、底座与祭坛是用一整块石头雕出。不过，我见过此书的另外一本，在页边空白处注明祭坛与底座用灰浆胶合在一处，并且那灰浆曾被后来一个县令命人除去了。于是我就想到，你说从没去过神庙实是扯谎，并且你对我描述神像时，由于一时疏忽，将你亲眼所见与书中所读弄得混淆了。当然这只是假设，你可能在其他书中看到过关于除去灰浆的记述，或是我从未见过的前人手录。但是今天晚上，你落入了我设下的圈套，却是证实了这一点。”

“如此说来，你只是隐约怀疑而已。”杨掌柜愤愤说道，“你派了洪都头去我店里借一只戴红宝石戒指的木手，此举着实高明。我心想你是否已经查获了我偷窃神庙金器的证据，也可能那木手与我无关，只是为了试探一二，或有其他用意，因此不可不知今晚在寇宅中要议论何事。我之所以前来，就是想灭你的口，或是那胆小如鼠的卞大夫。”说着从怀里抽出一把细长的匕首。班头急忙冲上前去，却见杨掌柜将匕首撂在桌上，对班头轻蔑地冷笑一声：“不必担心！”接着对狄公说道：“一旦技不如人、败下阵来，我心里自然明白。不过还是要告诉你，我可是个使飞刀的行家，从不曾失手过。但是她站在那边……正好挡在了中间。”说罢皱一皱眉头，忽又问道：“你怎会发现今日午后是我差点弄死了卞嘉那厮？”

“本县对医术略知一二，”狄公答道，“总还晓得头上挨过一拳、身上被踢几下，尚不至于要求先查验是否有内伤，然后再挪动地方。若是从高处坠落，则可能有此一虑。再者说来，一个劫财的强盗也不会为了抢人腰包而撕开衣袍。据我想来，是你将卞嘉从自家二楼的窗户里扔出去，他的外袍被窗台下的一根铁蒺藜钩住，这才得以幸免，不曾跌断脖颈或是……”

“我并没将他扔出窗外。”杨掌柜粗声粗气地插言道，“卞嘉来见我时，哭哭啼啼地絮叨那老太婆被人勒死一事，还说他不能再继续守口如瓶。我冲他脸上甩了一巴掌，没承想这软骨头的下流坯竟如此不中用，不但撞倒屏风，还跌出了窗外。我没来得及抓住他，赶紧奔下楼梯跑出门去。一根长钉钩住了他的外袍，使得他没有直坠下去，伤得不重，人也还清醒。我朝四下打量，这情形随时都可能被路人撞见，非得动作快些不可。于是我就说这小小的意外也算是个教训，让他知道如果想要背叛我的话，会有何等下场，又命他谎称是被贼人偷袭，然后将这厮拖到街对面，又高喊救命！我大可当时就取了他的性命，只是他还欠着我一大笔钱，想来路遇劫匪的故事总可蒙混过关。”

狄公点头说道：“明日上了公堂，本县再听你细述始末。如今只想先问几桩要紧事。适才卞嘉说他无意中毒死了董迈，想来应是实情?”

“这个自然！你以为我会相信这个笨手笨脚的胆小鬼能给人下毒？我只对卞嘉说不想让董迈碍手碍脚，因为夏光要在当天晚上顶替董迈去荒宅中与人会面，还说我想让卞嘉的龙舟输掉，打算从中赚上一大笔赌注。我给了卞嘉一包药粉，说：‘你在白石桥招待桨手时，把这蒙汗药放在董迈的酒杯里！’卞嘉欠了我许多钱，对我很是惧怕，我吩咐他做的事，他不得不乖乖照办。不过那可不是蒙汗药，而是货真价实的剧毒之物！我真是运气不佳，董迈的尸体被送上岸时，可恶的县衙仵作偏偏就在当场，若不是他，卞嘉定会以为全是蒙汗药的作用，董迈之死便会被记录为心病猝发而亡，从而神不知鬼不觉地瞒过众人耳目！”

“你让夏光代替董迈前去赴约，正是为了得到黄金和御珠。”狄公又道。

“这话你可说错了！实不相瞒，我对黄金一无所知，对御珠也是一样！我只想弄到鋈娘那个自命不凡的小淫妇！想当年，她还是一个相貌粗陋的毛丫头，又身为董家奴婢，居然一口回绝了我！我就对老董说自己前去做客时，鋈娘想要巴结我，于是亲眼看着她吃了一顿鞭子。不过，对于这条淫荡的狐狸精来说，这点教训还远远不够！我敢说她与董迈早有首尾，即使在寇元良那蠢货娶她作了二房之后，二人仍有来往。我拿这事责问董迈时，董迈矢口否认，不过那厮也是个下流东西，专会敲诈勒索而已，还有鋈娘……我知道她是什么货色！我要教训教训她，让她对我苦苦求饶，就像白娘娘庙里的金莲一样……在我面前……”

杨掌柜忽然住口不语，眼中浮现出阴郁之色，转而轻声说道：“不，我不该拿这下作的小贱婢与金莲相提并论。我不会在神庙的祭坛上杀死金莲，我怎能让那美妙绝伦的身子沾染血污？我只想吓唬她一二，为的是得到那妙人儿，永远据为己有，只属于我一个人……谁也不能毁掉如此绝美之物，不能做下如此罪大恶极之事！就在这间屋子里，方才她就站在那边，我还是不能下手取她性命——虽已过去了四年，一切依旧未变……”说罢抬起两手，用力捂住脸面。

室内静默许久，唯闻阵阵雨声。匡敏扬起双眉打量着杨掌柜，张口欲言时，却被狄公示意住嘴。杨掌柜复又抬起头来，音声清冷地接着叙道：“我曾命令董迈去修葺亭阁。孟老太那里已不甚稳妥，而且要价越来越高，董迈也是一样得寸进尺——为了他替我弄来的那些肮脏愚笨的女人，我得花费更多银钱。虽说个个粗蠢不堪，但是我需要她们，需要用她们来报复金莲对我犯下的罪行。

“我不再雇用董迈做事，为了叫他守口如瓶，还许给他每月一笔银钱，后来又找夏光接替。这厮不但愚蠢，手脚还不干净，到处偷偷摸摸的！不过我非得有个人替我打探寇家的消息不可。那该死的卞大夫总说金莲再也无法康复，但我还是要去探听，一定要知道她的消息，她过得怎么样，又是如何……”说到此处，杨掌柜略停片刻，稍稍收敛一二，又徐徐说道，“夏光倒也有些用处，从董迈那里套出许多话来。数日之前，夏光对我说墨娘与董迈约定在龙舟赛后去荒宅亭阁中密会，便是二人有奸情的铁证。那一对奸夫淫妇将会睡在我的床榻上，而那床榻是我鞭笞那些婊子的地方，专为报仇雪恨之用！于是我设下计策，使他们不能得逞。夏光顶替董迈前去赴约，墨娘不但见不到情郎，还会被捆在榻上，她原本还想与奸夫双双并卧、逍遥快活哩！”

杨掌柜面色一沉，低声咒骂一句，接着叙道：“谁知那蠢货竟然坏了事！依照先前的约定，夏光回城后径去南门附近的孟宅，吓得魂不附体，絮絮叨叨地诉说想要制服鋻娘时，却被鋻娘刺伤，一时惊恐，在自保时竟出手杀了人，更糟的是有个衙门里的官差居然一路跟踪他进入荒宅！我给他倒了一杯酒，叫他躺下休息。我需要时间考虑一下，扶他躺下时，发觉他的衣袖中有个沉甸甸的东西，取出一看，竟是一包金条，足足有十根！夏光一骨碌滚到地上，想要拔脚逃出门去，被我一把捏住脖子拽回，又用两手扼住喉头，这才吐露事先知道鋻娘会带着金子前去赴约，并早已盘算好要偷了金子据为己有。我问夏光为何鋻娘会带着金子前去，这傻瓜答道曾听董迈说是为了买入那颗御珠！夏光并不知晓御珠一事只是董迈鋻娘这一对奸夫淫妇设下的圈套，为的是从寇元良那里骗来钱财，然后一同私奔！我自然没对夏光说破这一层，如今我已得了黄金，鋻娘吃人杀死，夏光也必须被除掉。我对夏光说虽然他企图欺骗我，但我不会在意，甚至还会赏给他一根金条——只要他能帮我找到御珠，今晚他可在孟家过夜，明日一早再扮成一个木匠前去荒宅。

"我对店内伙计道是有个农夫掘出了一块石碑，要亲自与那人会面，随即出门而去。我知道一条通往董家荒宅的捷径，顺着官道走出不到两里地，有一幢硕大的农舍，拐入旁边的黄泥径，一路穿过稻田，就可走到风茄林的东边，三棵白榆树标志着通向林中神庙的小径入口，另有一条小路环绕风茄林，尽头处便是董宅背后。我将马匹系在榆树上，然后朝荒宅走去。

"夏光真不愧是个狡猾的窃贼，干得十分卖力！他先查看过亭阁的屋顶和檐下，因为董迈说过已将御珠藏在了一个没人能想到的地方。除了几只鸟窝以外，夏光自然一无所获，因为御珠的故事只是一个圈套。我命夏光在亭阁内细细翻找，心想此举定会让老爷寻思半日。早在一年多前，我就听说过老爷的大名，深知你绝非昏庸之辈！等夏光快要收工时，我抄起一块砖头，打碎了他的脑壳，将尸首抛入沟渠里，顺着原路回城。正要离开时，就看见这吝啬鬼得意洋洋地一路走来。"

匡敏恼怒地咕哝几句，狄公又对杨掌柜迅速说道："今日一早，牡丹姑娘被人带去县衙时，你可是认出了她？"

"那小妮子生得一张大圆脸，面相粗蠢，我自然不会忘记！"杨掌柜不屑地说道，"六七天前，我曾命夏光设法把她弄来。她是个笨人，只会大声叫嚷。我看见她正朝县衙走去，旁边还有三个无赖，心知定是夏光没告诉那三人不必继续行事，他们又在动手时被当场拿获，一旦到了县衙公堂，定会供出要把人送到孟宅去。孟老太为了保全自家性命，自然会当即告发我！于是我赶紧奔去那里，倒是十分走运，只有孟老太一人在家！”

“够了，且到这里。”狄公冷冷说罢，对班头示意一下。

众衙役给杨掌柜套上锁链，狄公从旁默默看视半晌，忽然说道：“据我所知，你对寇家二位夫人心怀怨愤，只因她们都曾拒绝过你。但是你为何要虐害其他女子？你与她们根本素不相识！”

杨掌柜站直起来，身上的铁链哐啷作响。只听他镇定说道：“想必你不会懂得，不过我且试着对你解说其中缘故。曾经有那么一二刻，我对璧娘着实发生了兴趣，因为我看出这毛丫头是个美人坯子——与寇元良倒是不谋而合。然而璧娘只是空洞的躯壳而已，内里不过是个淫荡的小贱婢。至于金莲，却是天生尤物、完美无瑕，浑身上下艳光四射，且又出身良家、极具素养，自有一种典雅蕴藉的魅力。她是个绝世美人：我只为她而存活，只为了她才值得活下去。”说到此处，语声渐促，“无论石质还是木质，白银还是细瓷，青铜还是黄金，这其中蕴含的美，永远不能与女人鲜活律动的美相比。那种极致的美必须在占有之后才能尽享，日日注目赏鉴、轻抚娇宠，会不断展现出新的魅力与光彩。拥有金莲是我今生最大的心愿，也是多年来珍爱、收藏和鉴赏美物所能赋予我的至乐。那天晚上，在白娘娘庙里，是她夺去了我的性命，用致命一击使我从此无法再欣赏美质，使我从此不复健全，只剩下复仇的欲望，只想报复那残害过我的非人罪行!”只见他两眼闪出狂热的火花，大声叫道，“我已经报过仇了！我被人杀死后，从坟墓里重又爬了出来！我已教训过女人，那些没有心肝、杀人不见血的妖孽，用媚笑和秋波来诱惑勾引男人，过后又冷笑着把人推开，任由他陷入可怜的境地，变得身心俱残。所有那些在我面前屈膝求饶的女人，口里发出的都是她的声音，遭到鞭打的都是她的皮肉，流出的都是她的鲜血，还有她的……”忽然停止叫骂，舔一舔唇边的白沫，扭曲的面目骤然松弛下来，和缓说道，“我的所作所为，全是自认为必行之事，我自会担当后果。”

狄公对班头示意一下，杨掌柜被带了出去。

狄公在桌旁坐下，揩揩额头的湿汗。匡敏清清喉咙，开口问道：“老爷可否开恩，让小民询问一事?”见狄公疲惫地点头，接着又道：“杨掌柜还欠小民一大笔钱。我曾给过他两件青铜古董。将来官府籍没死囚的家产时，不知能否如数赔偿给小民？”

“自然可以，匡掌柜。”狄公说道，“明日县衙开堂，你作为证人务必前去，过后便可随时自行上路了。”

“多谢老爷。”匡敏痛心地摇一摇头，接着又道，“我一向以为杨掌柜与卞大夫都是正派商贾哩！足见在择人共事时，再小心谨慎也不为过！老爷允许我今晚相与议事，实在感激不尽，此番经历，着实极富教益。想来老爷早已料到这二人都有不轨行迹？”

“不错。”狄公答道，一心想将此人赶紧打发走。

“妙极妙极！小民曾经以为自己也是嫌犯之一哩，不知老爷可否相信？啧啧，为官作宰者深谋远虑，我等区区商贾哪能领会万一！”

“匡掌柜，你可以走了。”狄公怒道，“还请代我问候孙掌柜。”

“多谢老爷美意。孙掌柜定会十分感激。”匡敏撇一撇嘴，又忧心说道，“恐怕孙掌柜的头痛又要发作了。我很晓得他那些症状，就在今日午饭过后，他开始打嗝，还抱怨说……”

“洪都头，你送匡掌柜出去如何？”狄公插言道。

匡敏躬身一揖，洪亮引着他朝廊道走去。

“这厮真是岂有此理!”狄公嫌恶地咕哝一句，探手入袖，摸出那只木手，却是与小乌龟粘在一处。狄公小心地将二者分开，小乌龟停在桌面上一动不动，头颅与四肢都缩在龟壳里。

一时洪亮转回，默默走到墙角的茶几旁，摸一摸茶壶，发觉尚且温热，于是倒出一杯茶水。

“洪亮，你方才站在三人身后，手里举着绿叶，如今可以拿来给这小家伙了!”

洪亮走到桌旁，将茶杯送到狄公面前，又从袖中取出几片绿叶，刚刚放在桌上，小乌龟便立刻伸出头来，在烛光下眨一眨眼，急急朝前爬去。

十九

狄公缓缓饮茶。洪亮从旁看觑，默无一语，苍老的面上显出受伤的神情，等狄公喝完茶水，颓然说道："今日午后，老爷告诉我为寇元良、卞嘉和匡敏设下了圈套，但是关于杨掌柜，却不曾说过一个字。"

"洪亮，你且坐下。"狄公和缓说罢，解开衣袍的前襟，将帽子朝后一推，双臂搭在案上，开口叙道，"那枚丢失的白板，表明嫌犯必是寇元良、卞嘉与匡敏。不过，这三人中的某一个，也可能受到第四人的指使。我之所以有这种念头，是出于一种隐约的直感，觉得最后两名死者被杀的方式有些不对。凶手在谋害夏光和孟太太时，手段十分残暴凶狠。我不禁想到寇元良、卞嘉或匡敏更可能从背后刺死夏光，不会凶残地砸破他的头颅。他们更可能给孟太太的茶杯中投毒，而不是使出蛮力将她活活勒死。还有，这两起案子接连发生，且地点相距甚远，暗示出凶手应是孔武有力、身强体健，惯于在乡间四处奔走。寇元良或卞嘉皆非这一类人物，匡敏那个令人生厌的药材商也不像；他虽然到处游历，却总是坐着舒适的驳船。

“既然凶手必定与古董生意有关，我自然将杨掌柜列为第四名嫌犯。从体格上来说，他很符合我心目中的真凶，并且与前三人一样具有作案的机会。杨掌柜也曾出现在龙舟赛上，对于董迈的死因格外有兴；今日一早，他骑马去了乡间，因此可能杀死夏光；梁小姐前来官府报告牡丹被劫时，他也在县衙附近。另外还有三件事也指向他。首先，尽管他对我极力表明自己从没去过荒废的神庙，却又知道祭坛与神像的底座是分开的，这便暗示出他原本去过神庙，很可能是为了偷窃祭器。其次，他假装不认得董迈夏光，那两人也同做古董生意，要说素不相识，未免匪夷所思。再次，盛八说过卞嘉手头拮据，杨掌柜的说法却恰恰相反，这就暗示出卞嘉是杨掌柜的手下，故此他想要保护卞嘉不受怀疑。”

狄公等洪亮又斟满一杯茶水，接着叙道：“不过，这三点都可能另有清白无辜的解释。杨掌柜或许是读过其他古书，里面记载着神庙格局的变迁。董迈夏光可能将杨掌柜视为生意上的劲敌，从而有意避开他。卞嘉或许隐瞒起自己面临的困境，因此只有盛八这样耳目灵通、无所不知的丐帮首领才会晓得内情。最要紧的一点是：杨掌柜并没有作案的动机。我很了解此人及其癖好，若是有什么动机，必定源自过去，但是又没有时间去详查根由。我非得立即采取行动不可，不但要检验我的推测是否合情合理，还要检验那些隐约的直感是否正确。

“于是我设下了今晚的圈套，意在同时对付四名嫌犯。如果寇元良、卞嘉或匡敏是真凶，我读出那封假信，暗示凶手曾露出破绽，谈论鬼魂复仇的可怖情形，直至最后突然亮出那只木手，都足以吓坏真凶，令其自我暴露——正如来寇宅之前我对你详述过的那样。我不曾对你说出的，只是我还预料到如果杨掌柜是真凶，他便会潜入宅内偷听。

“你我离衙之前，你听见我吩咐班头跟来寇宅，我刚刚遣走寇宅管家，班头便将所有仆佣都召集到后面一间屋内，唯独留下看门人。然后班头与手下衙役埋伏在走廊的拐弯处，一旦有人走出书斋，便立即拿下，但是并不阻拦有人从外面进入书斋。这些指令是为了确保寇元良、卞嘉或匡敏不会逃脱，如果其中一人是真凶的话，同时也为了方便杨掌柜窥探我们——如果他是真凶的话。如今证明我的直感果然不差，杨掌柜确是凶手，并且落入了我的圈套之中。你也听见他方才说过确实预备要杀人灭口——足证他毫无疑问就是凶手。”

“老爷真是太冒险了！要是我早知道这些，决不会同意这一计策，一定不会!”

狄公对洪亮投去深情的一瞥，肃然说道：“洪亮，我为何事先不告诉你这一节，原因就在于此。”

“老爷说的是！我当时真是吓了一大跳！当气氛越发紧张时，我以为三人中会有哪个随时对老爷动手哩!”

“我自己也觉得很是不妙!”狄公说着惨然一笑，“以前我只来过这书斋一回，误以为墙边的蜡烛全都熄灭后，留下桌上这一支，仍可让我同时看见右边的门扇与对面三人。若是杨掌柜前来窥探，我以为我会看见门扇开启，若是他闯入袭击我或是他的同谋，我会有足够的时间对付他并叫来衙役。不料我的右手边全是一片漆黑，我不可能一面说话，一面留意门边和对面三人。当我发现有人潜入室内，并听见背后有呼吸声时，着实忐忑不安，心想这次未免太冒险了!”

狄公抬手掠过两眼，疲惫地说道：“如今听过杨掌柜的供述，我才明白这一切全是由于他对金莲的倾慕。这种迷恋又与他对古董的钟爱交织在一起，最终成为一种疯狂的欲望，是一个孤独老迈之人想要占有和享受自己很快就会永远失去的东西的欲望。他在荒废的神庙里占有过金莲，旋即又无可挽回地失去了她，从此身心受创，并激起了心底的狂怒，只能通过虐害其他女子来稍稍自我安抚。”

说罢长叹一声，接着叙道："依照律法，卞嘉理应被斩首。不过，鉴于他受人误导、情有可原，我会提议减等发落，将死刑改为长年囚禁。洪亮，记着提醒我在结案之后，对牡丹做出妥善安置。我们可以从被没收的杨家财产中拨出一份来，使得她父亲能为她赎身。在我看来，牡丹这姑娘忠实可靠，不当沦落风尘，理应过上更好的生活。"

小乌龟正在欣欣然啮食绿叶，狄公从旁打量了半晌，又道："这小生灵也尽到了它的职责。但是事情最终与我设想的大不一样。当时究竟发生过什么，如今已是一清二楚了。我命令班头将寇家所有仆佣召集到一处，却完全忘记了寇夫人。我们这位班头，也是个不知变通的死心眼，连专门照顾寇夫人的女仆也一并捉去了，于是只剩下她一人在房内。寇夫人走到外面，在空寂的庭院中四处游荡，定是看见杨掌柜走进了这间书斋，但是杨掌柜并未看见她。自从在废弃的神庙中奸污过寇夫人后，杨掌柜一向避免与她见面，还对我说过拜访寇宅时，从不走出花厅一步，虽然声称是由于不忍看见寇元良的精美藏品，实则因为不敢冒险遇见寇夫人，怕她或许会认出自己并忆起往事。今天晚上，神志不清的寇夫人起初并没认出杨掌柜，但是看见此人，必定勾起了某种记忆，于是一路跟随着走到书斋，进门时正好被你看见。杨掌柜站在门扇左边的墙角处，寇夫人从他身边经过，直朝蜡烛的光晕走去，立在我的座椅背后。今晚正好又酝酿着一场暴风雨，这种紧张压抑的气氛，恰恰与四年前杨掌柜诱骗寇夫人的那个夜晚一模一样。神志失常之人对于天气的感觉总是格外敏锐，正是这同样的气氛，导致了后来发生的一切。我把戴着红宝石戒指的木手放在桌上，使得寇夫人想起了白娘娘的石像，当时她无助地躺在祭坛上，曾在恐惧中抬头凝望过这只手。突然之间，她将此物与方才看见的男子联系在一处，就在电光石火的一瞬间，所有记忆突然恢复，她的痼疾被这巨大的冲击治愈了。”

洪亮点头说道：“老天对寇先生格外开恩，收去了淫荡的鹭娘，并让坚贞的寇夫人得以康复。”又皱一皱眉头，好奇地问道：“老爷怎会知道杨掌柜诱骗寇夫人的那天也是风雨大作？我不记得她提起过此节。”

“没人提起过此事。不过，莫非你看不出来，四年前白娘娘显灵吓坏了董家人，其实正是寇夫人？神庙中的可怖经历令她头脑错乱，必是跌跌撞撞一路走到林边。事事都能合榫！寇夫人身上半裸，长发披散下来，手臂腿脚被带刺的枝叶划破，看上去血迹斑斑。过后风雨大作，那可怜的女子在林中打转，又在田间游走了整整一夜，直至筋疲力尽，昏倒在东门外，次日一早才被几个农夫发现。

我自会去查对此事究竟出在何年何月何日，不过，我确信寇夫人被诱骗和白娘娘在董宅显灵，定是发生在同一天晚上!”

阔大的书房内，二人默坐静听着雨声。洪亮终于满意地笑道:“今天晚上，老爷一举揭开了两大谜团！一个关系到至少四桩命案，还有一个则是白娘娘的旧事。”

狄公呷了一口茶水，放下茶杯，若有所思地看了洪亮一眼，缓缓说道:“不错，我已破获了几桩杀人案，还有四年前的白娘娘显灵一事。”摇一摇头，接着又道:“至于白娘娘在这其中扮演的角色……我尚未完全破解。”说罢起身离座，将小乌龟重又纳入袖中，抬手掸掸衣袍，“雨势似已减弱，我们回衙去吧。”

二十

次日一早，天光乍亮，狄公与洪亮骑马出了南门，直奔乡间而去。风雨过后，晨气清新，看去将会凉爽宜人。

昨晚回衙后，狄公忙于撰写关于几起命案的呈文，直至深夜方歇，入睡后也未能安寝，寇家书斋中的惊魂一幕依然萦绕心中、难以抹去。今日早衙开堂，还得听杨掌柜重述一遍所有罪行，亦非乐事一桩。

狄公一夜时醒时眠，起床下地后，决意早早出门走一趟，与洪亮同去查看那片风茄林，若是有可能予以清除，便打算在上报朝廷的呈文中附上这一提议，并说明此处如不加以整治的话，势必会成为作奸犯科之徒栖身的巢穴。

二人穿过稻田，走上杨掌柜所说的捷径，过不多久便看见了林中的大树。

那三棵白榆树倒是颇不难寻，果然标志着通往神庙的路口。不料一场暴风雨过后，此处一片凌乱；许多树木被连根拔起，横七竖八倒在路中间，与密密麻麻的藤蔓荆棘交织在一处，将前路挡得严严实实。

狄公与洪亮绕林而行，想要找到其他入口处，奈何却是一无所获，唯见一堵古树与灌木织成的墙垣，实难逾越。

二人走了半日，终于行至荒废的董宅背后，又顺着外墙直到正门口。狄公甩镫下马，对洪亮说道："我们不妨从花园围墙处看一眼风茄林。四年前，寇夫人正是从林中某处冒了出来。若要找到一条路进去，除了那里，怕是再无法可想了！"

二人穿过隧道一般的入口，走到通往东厢的花园中，立在矮墙边，打量着阴森森的密林。此时没有一丝微风，枝叶一动不动。亭阁的檐下有鸟雀飞进飞出，不时婉转啼鸣，却远远避开树林。周遭如同坟墓一般沉寂，似有一种怪异之气萦绕在幽暗的林间，令人莫名畏怯、不敢高声。

狄公默然良久，摇头说道："不，我根本不该搅扰白娘娘的居处。理应还她一个清静，让她仍旧留在那片圣林里，立在荒废的神庙中吧。洪亮，有些东西还是任其自然为上。我们这便回城！"

狄公刚一转身，却看见亭阁的墙边，有一只雏鸟正在草丛中拼命挣扎，徒然拍打着羽毛未丰的翅翼。狄公伸出两手，将雏鸟小心捧起，说道："这可怜的小家伙从巢中跌落下来！不过看去并没受伤。”抬头打量一下，“瞧，鸟巢就在亭阁的房檐下，母雀正在那里飞来飞去。我这就送它回去。”

狄公攀上矮墙，将小雀放回巢内，但是并未立即下来，站在原处踮着脚尖仔细打量，全不在意母雀正围着自家头顶焦急地上下盘旋。

裂开的蛋壳之中，有三只雏雀正挤在一处，张着小嘴吱吱叫个不停。旁边另有一只形似鸟蛋的物事，表面虽粘有泥土，却不掩莹白光耀之色。

狄公伸出两指，将其轻轻拈出，跳下地来，掏出手巾擦拭干净，托在左掌中默默打量，洪亮也从旁看觑。只见此物熠熠生辉，发出纯白色的微光。

过了半晌，狄公轻声说道：“洪亮，这就是那颗御珠！”

洪亮倒吸一口凉气，俯身细看，不禁压低声音问道：“老爷，会不会是赝品？”

狄公摇头说道：“不会。没人能做出这般完美的形状，还有这绝妙的天然莹光。董迈所言俱是实情，这确是失踪已久的皇家珍宝。董迈那厮真是足智多谋，果然将御珠藏在亭阁内，却是一个没人会发现的地方。夏光在檐下搜寻时，曾看见过鸟巢，不过那时小雀尚未破壳而出。若不是因为机缘巧合，你我也绝难发现此物——如果真有这般巧合的话。”说话间让御珠在掌中缓缓滚动，叹息一声：“经过几世几劫、几番血泪沧桑之后，这御珠终将物归原主、重返皇家了。”

狄公将御珠放在手巾里，郑重地包裹起来，纳入前襟内，接着又道：“我会将此物交给寇元良，再附上一份亲手签署的官文，道是由于出了一桩人命案，使得他没能在发现这一宝物后立即上报官府。过后他便可放心地进京献宝，圣上必会赐予嘉奖，加之金莲业已康复，但愿会补偿他失去鋆娘的哀恸。

“至于鋆娘，我曾对她有失公允，思之令人痛心。她与董迈从无私情，也从不曾打算与董迈私奔，只想为寇元良购入这件稀世之宝，以表示对丈夫的感激之情，感激他将自己从悲惨的境地中解救出来，并立为侧室，从此得以新生，她腹中所怀的正是寇元良的骨血。对她而言，董迈只是以前主家的少爷而已，偶尔会为自己的丈夫购入古董。至于董迈与杨掌柜之间的卑污交易，她根本一无所知。我对此案这一节的推想全为大谬，犯下如此大错，如今想要补救亦是枉然。唯一可行之事，便是向她的在天之灵诚心致歉。”

狄公默然静立，注视着花园墙外幽暗的风茄林，半晌过后，忽然转头对洪亮示意一下。二人一路走回门楼，登鞍上马，朝着白石桥村驰去。

村中集市内，小贩们正忙于布置货摊。如今时辰过早，尚且无人光顾。

薄薄的晨雾笼罩在大运河上，黄褐色的水面风平浪静。雾气丝丝缕缕，飘浮在岸边的大树之间。树下浓荫里，立着小小的河神庙。老庙祝手持一根长长的扫帚，正在清扫台阶上的落叶。

狄公甩镫下马，走上石阶。老庙祝抬眼打量着来人，神情漠然，显然不曾认出这就是县令老爷。

案上的香炉里升起袅袅青烟，殿内弥漫着一股清香。透过烟雾，隐约可见神像的脸面，唇角微曲，显出一丝浅浅的笑意。

狄公静立在地，将两手笼在阔袖中，抬头凝望着那张平静安详的面容，心中回想这两日内经历的种种。曾经发生过不少奇异的巧合，不过，天下真会有所谓巧合之事？对于他人的心思和意图，自己实在知之甚微！既然如此，又怎敢再去试图体察那决定凡人命数的上天的旨意呢？

狄公轻声说道："娘娘只是凡人造出的神灵，然而立在此处，却是作为凡人不能知晓，也注定不会知晓的象征。还请受我虔心一拜。”

狄公行过礼后，正欲离去，却见老庙祝站在自己身后，于是探手入袖，想摸出几枚铜板来，不料触到了一块银锭，取出来注视半晌，黯然沉思良久。这正是鑿娘曾付给自己的酬金。

狄公将银锭交给老庙祝，说道：“每月初五这天，望你烧上一炷香，祝祷寇家的鑿娘夫人芳魂安息。”

老庙祝恭敬一揖，接过银锭，直走到条桌旁，打开厚厚的功德簿，提起一支旧笔，费力地写下一行字迹，花白的头颅几乎贴在发黄的纸页上。

狄公出门而去，走下石阶，从洪亮手中接过缰绳，登鞍上马。

老庙祝忽又出现在阶前，枯手中仍握着那支秃笔，颤声说道：“请问施主尊姓大名？并且做何营生？”

狄公在马背上转过身来，简短答道：“就写：太原狄某。”说罢喟叹一声，又道：“一介书生。”

后　记

狄公在历史上确有其人，是唐代著名的政治家，生于630年，卒于700年。在仕途生涯的前期，他曾历任地方县令，破获了许多疑案，时至今日，仍是中国人心目中的神探。他的名字对于中国人来说，就如同歇洛克·福尔摩斯对于西方人一样熟悉。然而本书中叙述的故事纯属虚构。

请读者注意，在狄公生活的年代，中国人不留辫子，这是1644年满族人入主中原之后才强加给中国人的习俗。男子将头发盘成顶髻，无论室内室外都戴着帽子。中国人不吸烟；几百年之后，烟草和鸦片才传入中国。

高罗佩

1962年6月30日

译后记

《御珠案》是狄公案“新系列”的第四部小说。根据扬威廉·范德魏特灵为荷文本所作的前言等资料记载，1960年3月5日至4月8日，高罗佩先生在马来西亚吉隆坡写成此书。之后的一段时间内，他读了许多中国古今小说，还定期去中国剧院看戏，戏剧强烈的感染力促使他重新评价自己的小说，并觉得不甚满意。同年夏天，他重新写作了此书，将凶手由卞嘉改为杨掌柜，将书名由《龙船案》改为《御珠案》。由于此时正忙于出版“新系列”的前三部小说，高公将重写后的手稿搁置了三年左右。1963年，英文本由英国伦敦海涅曼出版社（William Heinemann Ltd.）出版，名为 *The Emperor's Pearl*；荷文本由荷兰范胡维出版社（W. van Hoeve Ltd.）出版，名为 *De Parel van de Keizer*。

关于此书的背景，高罗佩先生曾经讲述过一个“完全由自己编造的故事”：在共产党人占领北京前不久，当时已经听到从远处传来的隆隆炮声，蒋介石的部队已经离开，一天晚上，大约十点钟时，一个穿着整齐的中国人敲门，说道："您在这里是人们熟悉和信任的人，所以我才来找您。我带来了皇帝的珍珠（皇帝在各种仪式期间戴的丝绸皇冠上有一颗大珍珠），您可以以……美元买它，因为我要逃走。"那是完全无法相信的事情，我完全惊呆了，因为这种事情根本不可能发生。我说，首先必须对珍珠进行鉴定。但此时当然没有时间做，那个人很着急。可是，让我非常吃惊的是，几年后，那颗珍珠在印度出现了！此时我开始写作题为《御珠案》的书。[1]

本书中的金莲（Gold Lotus）与鑿娘（Amber Lady）二名，猜测借鉴于《金瓶梅》英译本中的潘金莲与吴月娘，前者为 Gold Lotus，后者为 Moon Lady。在《迷宫案》后记中，高罗佩先生曾提及《金瓶梅》英译本。Amber 意为"琥珀"，"鑿"指黑琥珀，故拟此名。

本书中提到的风茄，原文为 Mandrake，即曼德拉草，又名毒参茄，其根部状似人形，古时被认为具有强大的魔力，可使不育的女子怀孕，并与多种巫术有关。由于全株有毒并含有镇静、麻醉和致幻作用，长期被巫师用来制作药剂。

---

[1] ［荷兰］C. D. 巴克曼，［荷兰］H. 德弗里斯著，施辉业译：《大汉学家高罗佩传》，海南出版社，2011 年，第 239 页。

书中人物梁紫兰的蒙古原名阿勒坦·其其格·可敦，意为“金花公主”，原文为Altan Tsetseg Khatun。Khatun通常译为“可敦”，是古时突厥与蒙古女性的头衔，常用来称呼君主的配偶，在奥斯曼帝国，也可用来称呼苏丹的母亲、女儿及后妃，故而选择“公主”一义。“蒙古”一词最早见于唐代，新、旧《唐书》中的“蒙兀室韦”，是现代蒙古族的祖先，因此选用“室韦”一名。

关于第十一章中提到的女子角抵，高罗佩先生在另一部著作《中国古代房内考》中曾有如下一段相关记载：“清代学者俞樾在他的《茶香室四钞》（卷九第十六页背）中引用了两段早期史料，提到宋代在公共场合下表演的妇人裸相扑。这类相扑是嘉祐年间（1056—1063）京城宣德门附近举行的节日庆典的一部分，各类杂技演员都在那里献技。皇帝和他的后宫嫔妃经常参加节日庆典，观看这些裸体女人，并以银子和绸缎奖赏获胜者。据说，著名政治家和历史学家司马光是坚决反对这种下流习俗的，曾奏请废止这种体育运动。”[1]

小说结尾处有关河神娘娘的叙述，显示出高罗佩先生的神秘主义倾向。这一观点与之前几部小说中多次提及

---

[1] ［荷兰］高罗佩著，李零、郭晓惠、李晓晨、张进京译：《中国古代房内考》，商务印书馆，2007年，第218页。

的孔门儒家“敬鬼神而远之”、“未知生，焉知死”的说法基本一致，即对于鬼神等超自然现象采取不置可否的保留态度。正如传记中所言：“他的思想是神秘主义和清晰的逻辑的奇特混合物，既有东方的，又有西方的。”❶

有一点需要特别说明：书中第二、六、十二章中的几条脚注，均涉及英荷文本中内容的差异。如果依据英文本中的说法，御珠百年前失窃，几百年前朝廷废止活人祭祀，不但有悖于中国史实，且又存在自相矛盾之处。根据高公自撰的作品年表，本书故事最晚发生于唐高宗在位时的 670 年，与李渊称帝、唐朝开国的 618 年仅仅相隔五十二年。御珠失窃若真是发生于百年之前——即 570 年左右，则属唐朝之前的南北朝时期，其时“当今圣上的祖父”李渊只是四岁的幼童而已，此外，也不存在前朝失窃的御珠在本朝怕朝廷追究而不敢公开的道理。至于几百年前废止活人祭祀，更是与本朝“朝廷英明”无关，同时与第九章中所述的五十几年前废此血腥风俗发生冲突。依照荷文本，虽然仍是小有问题（比如牵涉到御珠的祖孙三代挤在初唐五十二年之间颇显仓促，历史上的唐高祖的窦皇后与唐太宗的长孙皇后，其生平事迹也与书中的皇后难以

❶ 《大汉学家高罗佩传》，第 190 页。

相合），但是明显的年代错误已不存在。由此可见，荷文本是高罗佩先生察觉到英文本初版有漏洞之后精心修订过的定稿。正文中之所以注明有几处依据荷文本，原因便在于此。译者起初仅接触英文本时，以为高公写作的英文初稿原是面向西方读者，书中的某些细节即使与中国历史常识或年代背景等有所出入，只要不影响故事情节与逻辑，倒也无甚大碍，但是小说回归中国时，读者则很可能对此提出质疑，乃至对作品的历史感产生消极印象。然而身为译者，自忖既无权力也无能力代替作者修改，因此曾打算依据英文原文照译并加注释说明来解决，终是有些无奈的选择。后来友人提议或可查阅荷文本相关文字，结果对照之下，意外地发现高公生前竟然在荷文本中做出了相应修改和删除，实属喜出望外。对于高公写作时清晰敏锐的思路和认真严谨的态度，译者早已深有感触，如今更是钦佩无已。在此由衷感谢于鹏先生发现问题、提出建议，并协助查阅自藏及国家图书馆馆藏荷文本。

另外，关于书中的《河上龙船图》，译者曾查阅过两种英文本，结果发现或是中间接缝处缺失较多、不尽人意，或是印在硬皮精装书的环衬页上、不便使用。再次感谢于先生提供的荷文本，方可为读者呈现出这幅完整的跨页图。

“新系列”的前四部小说，可以说构成了一个“单随从系列”，即每本都是狄公分别与一名亲随协同办案，因此书中人物数量大为减少，只有十二人左右。继《朝云观》之后，本书亦是在开篇章中安排凶手蒙面出场，直接切入情节，手法新颖简练，相信会给读者留下了深刻的印象。

张　凌

2019 年 9 月

图书在版编目(CIP)数据

御珠案/(荷) 高罗佩(Robert van Gulik)著;
张凌译. —上海:上海译文出版社,2020.5(2024.2重印)
(大唐狄公案)
书名原文:The Emperor's Pearl
ISBN 978-7-5327-8330-4

Ⅰ.①御… Ⅱ.①高… ②张… Ⅲ.①侦探小说-荷兰-现代 Ⅳ.①I563.45

中国版本图书馆CIP数据核字(2020)第056144号

Robert van Gulik
The Emperor's Pearl
根据Charles Scribner's Sons 1964年初版译出

御珠案
[荷兰]高罗佩 著 张凌 译
责任编辑/顾真 装帧设计/张志全工作室

上海译文出版社有限公司出版、发行
网址:www.yiwen.com.cn
201101 上海市闵行区号景路159弄B座
苏州市越洋印刷有限公司印刷

开本 889×1194 1/32 印张 7.25 插页 4 字数 81,000
2020年6月第1版 2024年2月第6次印刷
印数:20,351—24,350册

ISBN 978-7-5327-8330-4/I·5109
定价:42.00元